이것이 아빠란다

이것이 아빠란다

지영의 노래

신형범 지음

좋은땅

아빠는 아빠의 잘못으로 사랑하는 세 사람을 잃었단다.

세 사람은 똑같이 아빠가 만남의 약속을 지키지 못하는 바람에 세 사람 다 교통사고를 당하여 아빠의 곁을 떠났단다.

마치, 슬픈 운명의 이야기처럼…….

먼저 간 한 사람은 아빠가 처음으로 사랑한 여인과 그녀의 어머니로, 아빠가 부산으로 가기로 약속한 날 서울에서 아빠의 후배들이 좋지 않은 일이 생겨 내려가지 못하는 바람에 그녀와 나를 친아들처럼 사랑하셨던 그녀의 어머니와 함께 지방 국도에서 교통사고를 당하여 세상을 떠났단다.

그녀는 음악을 좋아했던 조용하고 착하고 착한 여인이었단다.

그녀에게서 아빠는 용서와 관용 그리고 따뜻함을 배울 수 있었다.

또 한 분은 너희들의 할아버지로서, 그녀가 떠나간 지 꼭 1년 뒤인 10월 18일의 일이었단다.

할아버지께서 공사 현장인 부여로 와 달라고 하여 "알았습니다."라고 말씀드린 후 약속한 날이 누구의 생일이라 자신의 생일을 혼자 보내게 한다고 다툼 끝에 내려가지 못하고 결국 할아버지와의 약속을 지키지 못하였고 그 바람에 그날 할아버지는 현장에서 교통사고로 돌아가셨단다.

아빠는 할아버지로부터 의리와 용기 그리고 인정을 배울 수 있었단다.

이렇게 무슨 운명과 같이 사랑하는 세 사람을 똑같은 상황에 의하여 떠나게 한 자책으로 지금껏 살아왔지만 할아버지와 사랑했던 여인의 교훈은 평생 잊지 않고 살아왔단다.

그 교훈이 예전의 영리함과는 너무도 다른 요즘 사람들의 영리함 속에서 전혀 다른 삶을 살게 하여 비록 생활의 어려움은 있었지만 그 속에서도 평생을 당당하게 살아온 것에 대하여 긴 시간이 지난 지금, 전혀 후회가 없는 것이 이 아빠는 자랑스럽단다.

그리고 아빠의 앞날을 위하여 자신의 모든 것을 희생하고 어딘지 모를 머나먼 곳으로 떠난 한 여인도 무척이나 그립단다.
그녀가 아빠를 볼 수 있는 상황이라면 이제는 그녀도 무척이나 보고도 싶단다.

이제 아빠는 아빠의 이야기를 여기에 담아 세 사람의 교훈과 함께 너희들에게 "이것이 아빠란다."라는 것을 알리려 한다.

그리운 그대에게……

"지영아."

잘 지냈니?

당신과 헤어짐도 벌써 40년이 지났구나.

처음, 나로 인하여 당신을 떠나보낸 끝이 없는 자책으로 긴 시간을 뜬눈으로 보내야 했으며, 다시는 당신을 볼 수 없다는 믿기지 않는 현실 속에 몸을 떨어야 했고, 또, 미치도록 보고 싶은 그리움에 당신의 흔적 따라 하염없이 찾아야 했으며, 그리고 또 가슴 깊은 곳에 있는 당신을 안고 마음속에서 하염없이 울어야 했단다.

이후, 당신을 잊으려 잊으려 살아온 긴 시간 긴 시간이었건만, 그러나 당신과의 시간은 도저히 지울 수 없었구나.

그러기에 그 긴 시간 동안, 수많은 미움은 당신의 아름다운 착한 마음이 있었기에 미워하지 않으려 노력하였고, 긴 시간 동안의 수많은 분노, 당신의 천사 같은 마음이 있었기에 용서를 하였고, 긴 시간 동안의 수많은 고통, 당신이 그렇게도 좋아했던 나의 의지와 인정, 그리고 의리를, 지금껏 단 한 번도 버리지 않고 그것으로 이겨 왔단다.

이렇게 당신은 비록 당신은 내 곁을 떠났지만 당신은 천사가 되어 항상 나를 지켜 주었단다.

이제 나는 비로소 생의 나락에서 당신과 함께하게 되었구나.

당신과 헤어진 후, 수많은 고통과 미움과 그리고 원망이 가득한 속에 보낸 40년.

하지만 당신과 함께했던 5년이라는 소중한 시간이 있었기에 그 40년도 소중한 그리움으로 만들어 주렴.

지금 당신이 내 곁에 있다면…….
생각하면 하염없는 눈물이 이제는 주름이 가득한 내 얼굴에 하염없이 흐르지만, 입가에는 미소가 번지는 것은 왜일까?

우리는 아름다운 노래로 만났고, 그래서 언제나 음악 속에 함께했고 그리고 그 속에서 아름다운 꿈을 만들었지.

비록 당신과 헤어져 있는 지금이지만, 당시 당신과 함께했던 음악만으로도 그리운 당신과 만날 수 있었고, 그리운 당신의 고운 얼굴을 볼 수 있었단다.

이제 나는 당신과 함께했던 우리들의 이야기를 그리고, 지나간 나 혼자만의 시간도 당신에게 이야기하고, 그리고 또, 그리고 이후의 시간은 너와 나둘이서 아름다운 이야기를 만들어 가기로 하자…….

| 목차 |

첫 만남

1971

나는 오늘도 늦은 저녁 무렵 부대를 나와 불과 10분 남짓한 거리에 있는 음악다방인 광화문 명다방을 찾았다.

시원하게 생긴 여자 DJ와 내가 좋아하는 음악이 많은 다방이기에 자주 찾는 다방의 하나이다. 다방에 들어가 구석진 곳의 테이블에 앉은 지 얼마 지나지 않자 내가 좋아하고 가끔은 신청하기도 한 노래인 감미로운 Cliff Richard의 Visions이 흘러나왔다.

딱딱하고 항상 살벌하기만 한 부대에 있다 이렇게 저녁때 밖에 나와 담배 연기 자욱한 그리고 감미로운 음악이 있는 이곳에서 잠깐이라도 보낼 수 있다는 것이 당시 군 복무 중인 군인인 나로서는 큰 행운이자 행복이기도 하였다.

그리고 며칠 뒤, 다시 그곳을 찾았을 때 또 반가운 그 노래가!
그때는 누굴까?

커피를 마시면서 다방 안을 둘러보니 지난번에도 이번에도 한쪽 자리에 혼자 조용히 앉아 책을 보고 있는 여자가 있었다.

저 여잔가?

또 며칠 뒤, 그녀를 볼 수 있었다.

그때는 내가 Visions를 신청하였다. 곡이 흐르자 나를 쳐다보는 시선을 느낄 수 있었다.

잠깐이지만 처음으로 얼굴을 멀리서 볼 수 있었다.

선하게 생긴 예쁜 얼굴이다. 그리고 다른 여자들에게서는 보기 힘든 긴 머리가 인상적이라고 생각했다.

그러나 그때는 그뿐이었다.

지금까지 살아오면서 여자에게는 별로 관심이 없었던 나는 내가 좋아하는 노래를 좋아하는 여자가 저 여자구나라는 약간의 흥미, 그것뿐이었다.

그 뒤 몇 번이나 부대에서 나갈 기회가 있을 땐 나도 모르게 그 다방을 다시 찾았으나 그녀는 만날 수가 없었다.

그러던 몇 달 뒤 어느 날, 반가운 그녀를 발견할 수 있었다.

난생처음 여자에게 관심을 느낀 나는 신청곡 용지에 Cliff Richard의 Visions와 Paul Mauriat의 Butterfly를 신청하고 또 하나의 메모지에

"이 음악처럼 날아서 그 자리로 가도 되겠습니까?"

라고 적어서 Butterfly 음악이 나갈 때 그녀 자리에 보내 달라고 DJ에게 부탁하였다.

그 메모를 본 그녀는 잠시 뒤 나를 쳐다보면서 미소로 대답을 하였고 그래서 우리의 첫 만남은 이루어졌다.

그녀와 마주 앉은 나는 난생처음 평생에 처음이자 마지막인 내 자신에 의하여 선택한 여자에게 설레는 마음으로 한 첫 마디가
"제가 실례를?"

그러자 그녀는 멀리서 보았을 때보다도 더욱 선하고 예쁜 얼굴에 조용한 미소를 보내면서
"아녀요, 안녕하세요. 그리고 노래 고마워요."

맑은 목소리에 경상도 사투리였는데 딱딱한 경상도 사투리가 그녀가 말하니 무척 예쁘게 들렸다.
"예쁘네요, 군바리가 앞에 앉기는 미안한데요."
"네? 저를 놀리시는군요, 군복 입으신 모습 너무 멋이 있어요."
"헉, 제 말에 대한 답치고는 빵점짜리네요. 저는 멋과 유행하고는 거리가

먼 놈인데 군복은 유행이 없어서 편하고 좋더군요."

"군인이시면서 이곳에 자주 오시네요."

"네, 청와대 앞이 제 부대입니다. 그곳 작전 상황실에 근무하다 보니 자주 밖에 나올 기회가 있답니다. 여기까지 불과 10분도 안 걸리니까요. 사실 이렇게 돌아다니는 거 걸리면 바로 영창 행이랍니다. 하하."

"아- 그러시군요. 저도 잘 다듬어진 수목이 있고 조용한 청와대 앞길이 너무 좋아서 집에 갈 때는 효자동하고 팔판동 사이 그 길로 자주 다녀요."

"어, 그 길을 아시는군요. 집이 어디신데요?"

"삼청동이에요."

"그렇군요. 그 길 청와대 정문 앞 경복궁 신무문이 저희 부대 정문입니다. 삼청동에 사시면 아침마다 우리가 태권도복 입고 청와대 앞을 지나 삼청공원을 돌아오는 구보를 하는데 시끄런 군가 소리와 구호 소리도 들으시겠네요."

"호호호, 그럼요. 군인들이 뛰는 날엔 그 소리에 일어난답니다."

"죄송합니다. 인사합니다. 저는 수경사 30대대 작전과에 근무하는 병장 S ××입니다."

"아~~ 네, 저는 Y지영이에요."

우리의 첫 만남의 대화는 이렇게 시작되었다.

그리고 이곳이 음악이 좋아서 자주 오고 혼자서 음악을 듣는 것이 제일 즐겁다고 하였다. 우리는 약 30분간의 만남 후 나는 귀대하여야 한다고 그녀와 헤어졌다.

그 뒤 몇 번이나 그곳을 찾았으나 그녀를 다시는 만날 수가 없었다.
"멍청한 놈, 그때 전화번호라도 물어볼걸!"

아쉬움 속에 부대 내 비상 상황 등으로 자주 외출도 못 하고
두 달 정도가 지난 어느 날, 위병소에서 전화가 와서

"S 병장님 면회 왔는데요. 오늘도 돌려보낼까요?"
라고 하여서

"그래 돌려보내!"
라고 대답하고 전화를 끊어 버렸다.
그러나 전화를 끊고 나서 예감이 이상하여 위병소에 전화를 하여
"나 작전과 S병장인데 나 면회 온 사람 누군가 좀 봐 줄래?"
그러자 잠깐 후
"Y지영 씨라고 하는데 아주 예쁜 분이신데요."

그 말에 나는 놀라서
"야! 야! 가지 말라고 해, 내 바로 내려갈게."

*

한 달 반 전이었을까?

정보과 Y 상병과 둘이 필동의 사령부에 다녀온다고 같이 부대를 나와서 늦은 저녁 종로2가 YMCA 앞을 지나는데 앞에 2명의 여자가 오면서 멀리서부터 나를 빤히 쳐다보면서 지나갔다.

그래서 내가
"야, 저 여자들 왜 사람을 빤히 쳐다보지?"
그러자 Y 상병이
"어, 나도 보았어. 내가 쫓아가서 얘기 좀 붙여 볼게, 잠깐 기다려."
하면서 그 여자들을 쫓아갔다.

Y 상병은 내 사무실 바로 옆방인 정보과에 근무하는 친구로서 상병이지만 나보다는 몇 달 고참이었다. 집이 비원 옆 원서동이어서 나하고 저녁때 자주 밖에 같이 나오는 편이고 그러면 그 친구 집에 가서 자주 저녁도 먹고하는 친한 편이었다. 최고의 명문고인 K고를 나온 그가 조용한 저음의 부드러운 목소리로 기타를 치며 노래하면 아주 명품이었다.

잠시 후, 녀석이 두 여자와 함께 왔다.
나는 녀석이 틀림없이 같이 올 줄 예상했었다.

훤칠하고 호리호리한 큰 키에 부드러운 인상, 그리고 목소리, 어느 여자고 호감이 갈 수밖에 없을 것이다.

우리는 길에서 잠깐 묵례로 인사를 하고 그곳에서 조금 더 내려가 종로3

가 엘파소다방에 들어가서 서로 인사를 하고 조금 얘기를 나눈 뒤 자연스레 파트너가 나누어져 따로 데이트를 하기로 하고 헤어졌다.

내 파트너는 눈에 확 띌 정도로 예쁜 얼굴로 상당히 명랑하였다.

둘은 다방에 앉아 서로 이야기를 하였는데 이런 자리가 익숙지 않은 나는 주로 듣는 편이었다.

한데, 얘기를 많이 하는 그녀는 처음 만난 내 앞에서 누구는 어떻고 또 누구는 어떻고 하면서 나로서는 알지도 못하는 사람의 별로 좋지 않은 소리도 간간이 하는데 그 예쁜 얼굴이 갑자기 역겨워졌다.

나는 평소에도 누가 다른 사람의 험담을 하는 그런 자리를 제일 싫어하는 사람이었다.

그래서 술판을 몇 번 뒤엎은 적도 있기에 내 주위에 나를 아는 사람들은 내 앞에서 그 부분은 극히 조심들 하였다.

나는 서둘러 일어나 작별을 하고 부대로 들어왔다.

그 뒤 Y 상병은 둘이서 데이트를 자주 하는 것 같았고, 내 파트너 여인은 부대에 면회를 왔기에 나는 우리 만난 것 없었던 것으로 하자고 내 마음을 분명히 전달하고 헤어졌다.

그런데 한 달 가까운 기간 동안 거의 매일 부대로 면회를 왔고 나는 모든 면회를 거절하였다. 이러한 사실은 부대 내곽 근무중대가 2주에 한 번씩 바뀌는데 그러기에 3개 중대에 모두 소문이 났다.

*

이러한 사정으로 그녀에게 실수를 하고 말았다.
하지만 그래도 이렇게 반가운 그녀를 두 번째 만날 수 있었다.

그녀와 낭인

1971

"안녕하세요. 잘 지내셨습니까?"

나는 반갑게 인사하였다.

"안녕하세요. 저 이래도 괜찮은 건지…."

그녀는 반가운 표정과 또 바로 전 면회 거절의 이상했던 상황 때문인지 조금은 안절부절못한 표정을 지으며 인사를 하였다.

나는 황급히

"아 아 아닙니다. 무슨 말씀을요. 너무 반갑고 좋은데요."

"군인 아저씨가 오셔서 S 병장님께서 면회를 안 하시겠다고 돌아가라고 하셔서 내가 무슨 짓을 한 건가? 생각하며 돌아가려는 중이었어요."

그녀는 생각지도 못한 상황에 무척 무안했던 모양이었다.

"아 정말 죄송합니다. 그럴 일이 좀 있었습니다."

"그렇군요."

그때서야 그녀는 얼굴이 밝아지면서 안도의 표정을 지었다.

잠깐 반가운 인사를 한 뒤, 여기저기 면회를 하는 사람들과 초라한 부대 면회실 테이블에서 얘기하기가 그래서

"우리 경복궁에 나갈까요?"

"어머 나갈 수 있어요?"

하면서 반색을 한다.

"저 그 정도의 끗발은 있어요."

면회소에 간다고 보고하고 나는 그녀를 데리고 신무문 부대 정문이 아닌 집옥재 앞으로 해서 우리 내곽 3초소 쪽으로 갔다.

"어머, 이리 가도 돼요?"

"걸리면 영창이죠."

나는 싱긋 웃고 초소 근무자에게

"수고해, 나 좀 나갔다 올게."

하고 그녀를 데리고 초소를 나왔다.

3초소를 나오면 바로 향원정이고 우리는 향원정 벤치에서 고궁의 따뜻한 가을 햇살을 받으며 상쾌함을 느꼈다.

"저 몇 번 그곳에 갔었는데 안 계셔서 이제는 못 볼 줄 알았습니다."

"서로 엇갈렸나 보네요. 사실, 저 이 앞길로 지나갈 때마다 몇 번이나 들어갈까? 하고 망설이다가 가곤 하였어요. 그리고 저는 1, 2주에 한 번씩은 며칠씩 부산에 가 있어요. 엄마와 함께하려구요."

"효녀시군요, 이곳에서 부산에 1, 2주에 한 번씩 가기란… 쉬운 일이 아닌

데……."

"그게 아니라, 저 우리 엄마와 단 두 식구뿐이에요."
"그러시면 어머니와 함께 계시지 않으시구요."
"네, 울 엄마 오래전에 혼자되셨어요. 아버지가 일찍 돌아가셔서요. 그래서 어머니의 삶도 있지 않아요? 제가 아무리 딸이지만 어느 부분에서는 딸의 눈치를 볼 수도 있을 것이라는 생각에 저는 혼자 서울로 와서 학교를 다녔어요. 울 엄마는 엄마가 아니고 내 친구예요."
하면서 웃는다.
나는 잠시 이해가 어려웠지만 그럴 수도 있겠구나, 그런 생각과 함께 배려심이 많은 여자이구나, 라는 여러 가지 생각을 순간적으로 할 수 있었다.

이렇게 우리는 즐겁게 시간을 보낸 뒤, 그녀가
"들어가셔야지요? 너무 오래 나와 있으시면 안 되시죠? 혹시 오늘 저녁때 나오실 수 있으세요? 우리 저녁 같이 먹어요."
"그럼요, 탈영을 해서라도 나가야지요."
내가 웃으면서 얘기하자 그녀도 웃으면서
"그럼, 명다방은 아가씨들이 너무 놀려 대서 싫어요. 광화문 네거리 금란다방 아세요?"
"그럼요, 모두 내 나와바리인걸요. 그곳도 음악이 좋아요. 한데 명다방 아가씨들이 왜 놀려요?"

그러자 대답은 안 하고 그냥 웃기만 한다.
이렇게 우리는 7시에 만나기로 하고 헤어졌다.

귀에 익은 팝의 소리 속에 그녀는 앉아 있었다.

밝게 웃으며

"탈영하셨어요?"

"네, 결사적으로요. 오래 기다리셨나 보군요."

"아녜요, 전 음악 속에서 책을 보면서 혼자 즐기는 것이 좋아요."

"참, 아까 학교 때문에 서울에 계신다 하셨는데 어디?"

"네, H대 2년 다니다 그만두었어요. 그리고 지금은 이 악기 저 악기 교습만 받고 있어요."

"왜 계속 다니시지 않으시구요."

"배우다가 음악 전공한 선배들 졸업 후 외국 가서 전문적으로 공부하시는 분 외는 모두 학생들 레슨 알아보고 전공 계통에 취직하려고 노력하는 것을 보고 대학을 다닌다는 의미를 잃었어요. 그냥 이것저것 혼자서 즐기는 음악을 하고 싶어요. 그러는 S 병장님은 학교는 어디에?"

"휴— 그게 저한테는 안 물은 것으로 하면 안 되나요? 저 사실 최종 졸업 장은 중학교뿐이에요. 주위에서 학교, 학벌 하는데 그런 것들이 정말 싫어요. 그래서 그러한 사람들하고 경쟁을 하여 이기는 것이 제 목표입니다. 그리고 학교는 정말 싫고 체육관은 마음에 들고요. 그래서 운동은 박사 학위가 3개입니다."

"저하고 생각하시는 것이 비슷하시네요. 정말 문제가 많은 것 같아요. 그래서 아까 말씀드린 이유도 있지만 그런 것들이 싫어서 저도 학교를 그만두었어요. 운동은 많이 하셨나 보군요!"

"네, 모두 합해서 두 손의 손가락쯤 됩니다. 그래서 군대도 이곳에서 근무할 수 있었습니다. 이곳 참모부에 있는 친구들은 저만 빼고는 모두 명문 대학 재학 중이거나 졸업한 친구들이랍니다."

"대단하신 거 같아요. 지금 하나씩 이겨 나가고 계신 생각이 드네요."

"그렇지도 않아요. 그냥 오기 하나로…. 한데, 책도 많이 읽으시는 것 같아요."

"네, 닥치는 대로 많이 보는 편이에요. 병장님은요?"

"네, 저도 한때는 닥치는 대로 읽었는데 뭔가 느낄 수 있는 책은 단 한 권뿐이었습니다."

"무슨…?"

"네, 일본 사무라이 소설인 《미야모토 무사시》라는 책인데 어릴 적 어머님께서 일본 만화인 《미야모토 무사시》를 번역해 주시면서 읽어 주신 적이 있으셨지요. 당시 어린 나이였지만 많은 감동을 받았습니다. 그 이후 그 책을 수없이 보게 되었습니다. 그리고 후배들에게 그 책을 선물도 많이 하였답니다."

"무슨 책인지 저도 읽고 싶네요."

"예, 주로 무사시라는 낭인의 수련 과정을 쓴 이야기로 그 책에 보면 무사시가 수련을 하는 과정 중 어느 날 산속의 외딴집에서 묵게 되는데 그 집에는 어린 아들과 아버지 이렇게 두 사람이 살고 있었는데 그날 밤 무사시가 잠을 자는데 칼을 가는 소리가 들려 벌떡 일어났습니다. 그러자 어린아이가 시퍼런 칼을 들고 살금살금 무사시 방으로 닦아 왔습니다. 그래서 어이없는 무사시가 '이놈 무슨 짓이냐?' 하니 아이는 '이 칼이면 아버지를 자를 수 있을까요?' 하는 말에 무사시는 '이놈 그게 무슨 말이냐?' 그러자 아이는 '아버지가 조금 전 돌아가셨는데 아버지가 무거워서 제가 들고 가서 묻을 수가 없어서 이 칼로 아버지를 잘라서 하나하나 들고 가려 해요. 아버지께서는 자기가 할 일은 절대로 남의 도움을 받지 말라고 하셨습니다.' 이 말을 들은 무사시는 그때서야 어린아이 머리를 쓰다듬으면서 '그렇구나, 그러면 내가 도와줄 테니 나하고 같이 아버지를 묻어 드리자.'라는 대목이라든지, 그리고 그 책의 처음부터 무사시를 사랑하는 오쓰우라는 조용한 여인이 있었는데 무사시는 계속 무덤덤하게 대하다가 마지막에 무사시가 당대의 고수인 사사끼 고오지로라는 무사와 섬으로 결투를 하러 배를 타려 하자 그곳에 간 오쓰우가 하염없이 울자, 무사시가 '무사의 아내는 남편이 출전을 할 때는 눈물을 보이지 않는 법.' 하면서 그 책이 마무리되는데 그 부분도 그 책의 잔잔한 압권이었습니다. 물론 다른 사람들이 그 책을 보면 유치할 수도 있겠지만 저는 어머니께서 어릴 적 읽어 주신 그 책에 대하여 큰 감동을 받았으며 그 책으로 인하여 나의 가치관도 많은 영향을 받았다고 생각합니다."

"정말, 정말 저도 보고 싶네요. 그리고 어머님 정말 훌륭하신 분이시네요."

"네, 저의 어머니, 노래도 지영 씨만큼 좋아하십니다. 명곡에서 팝, 가요까지 모두 좋아하시지요. 저는 10살 이전에 로렐라이, 월계꽃, 아베 마리아 등 모든 노래를 어머니에게 배웠죠. 그래서 저도 모든 장르의 음악을 좋아하게 되었습니다."

우리들의 이야기는 저녁을 먹고 와서도 계속되었다. 그리고 서로가 좀 더 가까워진 것 같았고 나이는 나와 동갑이어서 우리 편하게 얘기하자고 하였더니 자기는 이게 좋은 것 같다 하여 지금까지 살면서 어른들을 제외하고는 누구에게도 존댓말을 한 적이 거의 없는 나는 비록 만난 지 얼마 되지는 않았지만 '지영'에게도 존댓말을 하는 것이 너무 어색하여 나만 편하게 얘기하기로 하였다.

"아- 정말 아까 면회를 거절하셨는데 무슨 사연이 있나 보죠?"
"응, 조금 부끄러운 일이…."

할 수 없이 나는 대강의 사정을 얘기해 주었다.
그러자 다 듣고 나서 그녀가
"나빠요, 왜 그렇게 가슴 아프게 하세요."
"나도 평생 처음 당하는 일이라."
"주위에 여자들이 많으신 거 같아요."
"그렇게 보여? 눈은 큰데, 정말 사람 볼 줄 모르네. 나 이렇게 여자하고 차 마시고 저녁 먹고 하는 거 난생처음이야."
"믿기지 않아요."
"이제 알게 될 거야, 난 지금까지 주위 사람들이 '왜 여자가 없느냐?'라고 물으면 난, 여자 한 트럭보다 남자 한 명이 좋다. 하면서 살아온 사람이거든, 그리고 남의 간섭 받지 않고, 남의 얘기 듣지 않고 혼자 있는 것이 더욱 좋고."

"바보군요, 저는 안 물어봐요?"

나는 웃으면서

"그런 거 물어야 되는 건가?"

"저도 병장님이 첫 데이트인데 안 물어보시면 서운하잖아요. 그러면 친구들은 많으시겠네요."

"아니. 나는 지금까지 혼자서 낭인 생활만 하였기에 친구는 거의 없어. 친구도 학교를 다녀야 많을 텐데, 나는 학교를 안 다녀서…. 중학교 때도 전교 아이들한테 따돌림을 당해서 학교 친구도 단 한 명도 없어……. 하지만 따르는 동생들은 많은 편이지."

그녀는 내가 학교에서 따돌림을 당했다는 그 말이 이상한 듯

"왜요?"

"내가 전교 학생들에게 따돌림 당했다고 하니 이상한 모양이지?"

"그래요, 호호 저에게 장난하시는 거죠?"

"아니, 사실이야! 저 앞에서 여러 놈들이 같이 오다가도 내가 오는 게 보이면 쏜살같이 다른 곳으로 가 버리곤 했지."

"많이 괴롭힌 모양이군요."

"아니, 절대로…. 다만 나는 학교 다닐 때 심심하면 학교를 안 가곤 하였는데 그래서 중1서부터 3학년까지 매년 결석 일수가 평균 60일이 넘었지."

"문제 학생이었군요."

"교칙대로 한다면 한 학년에 결석 60일 이상이면 법정 출석 일수가 모자라 유급을 하여야 하지만 나는 그렇게 학교를 안 나갔어도 성적이 상위권이었기 때문에 무사했어."

"불가사의네요. 어떻게, 말도 안 되는 이야기예요."

"흐흐, 그래도 사실인 것을 어떡해. 다만 나는 책가방도 없이 학교를 다녀도 수업 시간만큼은 집중하여 선생님들 말씀을 듣고 진지하게 공부했거든. 그래서 내가 싫은 건 수업 시간에 떠드는 놈들이 제일 싫어서 그놈들은 나에게 혼들이 많이 났지. 그래서 그 이후로는 나에 대하여 소문이 나게 되었고 수업 시간에 내가 있으면 전부 쥐 죽은 듯 조용했지. 그래서 선생님들도 교실에 들어오시면 내가 있는 것부터 살피시고 내가 있으면 반가워들 하셨지."

"문제안지 모범생인지 헷갈리네요. 그런데 책가방도 없다면서 책도 없이 무슨 공부를 해요."

"그런 게 뭐가 필요해, 귀찮게…. 다음에 무슨 시간이면 다른 반에 가서 '야! 너 무슨 책 좀 가져와.' 이런 식으로 책이나 점심은 모두 해결됐거든…, 흐흐."

"도무지 이해가 안 되네요. 더구나 그런 못된 사람이 음악을 좋아하는 것도…."

"그런 말 말어! 그래도 모든 선생님들은 모두 나를 좋아했지. 지금 동창 놈들보다 선생님들이 그리워."
"호호, 뭔지 많이 힘들어요."

"나는 중2 때부터 담배를 피웠는데 당시 문제아들은 수업 시간이 끝나면 화장실에 가서 급히 담배를 피웠는데, 한 놈이 들어가서 몇 모금 빨고 있으면 밖의 놈이 문을 두드리면 나와서 피던 담배를 주고, 이런 식으로. 그런데 어느 날, 내가 화장실에 들어가서 피고 있는데 똑똑 두드리는 소리가 들리는 거야. 나한테는 어느 놈이던 담배 달라는 놈이 없는데, 이상하다 생각하고 '야, 임마! 조금만 더 피고 줄게.' 하고 몇 모금 더 피는데 또 똑똑 소리가 들리는 거야. 그래서 문을 확 열고 화를 내면서 '야 이 새끼야, 여기 있어.' 하면서 피우던 담배를 확 내밀었는데 앞에는 호랑이 훈육 선생이 우뚝 서 있는 거야."
얘기를 듣던 그녀는
"호호호, 정말 난리 났겠군요."

"그래서 할 수 없이 훈육실로 끌려갔지. 그 훈육 선생은 거구에 당시 대한 체육회 일도 보시던 선생님으로 항상 엄청난 몽둥이를 가지고 다니시면서 걸리면 누구든지 엉덩이가 터지도록 때리는 내가 산적이라고 별명을 지어준 선생이었어. 훈육실에 가서 나를 바닥에 꿇려 앉히신 선생님은 한참 나를 보시더니 주머니에서 담배 한 대를 꺼내어 나에게 주면서 '야, 임마. 너

내 앞에서 한 대 피워 봐라.' 하시는 거야. 난 이제 오늘 죽었구나 생각하고 조금 있다가 그 담배를 선생님한테 뺏다시피 받아서 '선생님, 제가 어떻게 선생님 앞에서 담배를 피우겠습니까? 선생님 안 계신 곳에 가서 피우겠습니다. 감사합니다.' 하면서 담배를 주머니에 집어넣었더니, 선생님은 예상치 못했던 내 행동에 어이가 없으셨던지 잠깐 붉으락푸르락하시더니 금방 화를 삭이셨고, 뭔가 생각하듯이 나를 쳐다보시는 거야."

*

"언젠가 쉬는 시간에 예쁜 영어 선생님이 밖에 지나가는 것을 보고 어느 놈이 'YY야!' 하고 선생님 이름을 크게 불렀지. 바람에 학교가 난리가 나서 다음 수업을 중단하고 해당 선생님과 훈육 선생이 교실에 와서 '누구냐? 선생님 이름을 부른 놈이!' 하고서 몇 번을 얘기해도 나오지 않자, 선생님은 '모두 눈을 감아라, 선생님 이름 부른 놈은 조용히 나와라, 안 나오면 학교가 끝나도 너희는 못 나간다.', 시간은 흘러 한 교시가 거의 끝나가도 교실 안은 조용하기만 했지. 그때, 내가 일어나서 '접니다, 제가 선생님 이름을 불렀습니다.'라고 나가서 훈육 선생님과 영어 선생님 앞에 고개를 숙이고 서 있으니까, 훈육 선생님이 '가자.' 하시고 나를 훈육실로 끌고 가서서 '왜 나왔느냐? 하지만 나온 것에 대한 책임은 져라.' 하시고는 그 공포의 몽둥이로 엉덩이가 살이 터지도록 때렸지. 다 때리시고 나서는 '아프냐? 양호실에 가 치료해라.' 하시면서 나를 혼자 놔두고 나가셨지, 그때, 나는 맞은 것이 아픈 게 아니라 가슴속에 뜨거운 것이 올라오는 감격을 느낄 수 있었단다. 훈육 선생님은 내가 한 짓이 아니라는 것을 알고 계셨지. 당시 훈육실에서 떡이 되도록 맞고 교실에 들어가니 그놈은 내가 절뚝거리면서 들어가자 훈육 선생보다 무서운 나에게 이제는 죽었구나 생각했던지 얼굴이 사색이 되어 떨고 있더라구. 난 그놈 앞에 가서 '야, 이 새끼야. 용맹도 없이 책임 못 질 일은 하지 마!' 그렇게 한마디만 던지고 학교를 나와 버렸지. 이러한 사건으로 나에 대하여 잘 알고 계시던 훈육 선생님은 '조용히 ××야, 다음부터는 학생들 있는 데서는 피우지 마라, 나에게 지어 준 별명 고맙다.' 하시고는 돌려보내 주셨지."

애기가 끝나자 바보 같은 그녀는 또 눈물을 글썽이기에
"내가 재미도 없는 실없는 얘기를 했는 모양이군."

"아- 아니에요, 저 내 첫 데이트 정말 잘하는 것 같아요."

"반가운 얘기이네."
"어떻게 어린 나이에도……, 그리고 그 훈육 선생님도 정말 멋이 있네요."

"잊을 수 없는 분이시지, 그 뒤 영어 선생님도 나를 무척 좋아하셨지 어느 날 영어 선생님이 내 머리를 만지고 웃으시면서 '××야 이제 너는 내 이름을 불러도 절대 화내지 않을게.' 하시기에 한동안은 그 영어 선생님을 어린 가슴에 담기도 하였었지. 여하튼 그 일로 선생님들이나 학생들이나 나를 대하는 태도가 많이 달라졌고 그로 인하여 어린 나이었지만 때로는 잃는 것이 더 큰 것을 얻을 수도 있다는 것을 느낄 수 있었지. 그리고 범인인 그 녀석은 매일 도시락을 두 개씩 싸와서 나를 주길래, 한동안은 받아먹다가 그게 부담스러워 이제 싸오지 마라 했더니 그래도 계속 싸서 오길래, 할 수 없이 한동안 학교를 가지 않았어."

내가 웃으면서

"지금 생각하면 죽일 놈, 나 학교 나오지 못하게 하려고 도시락 싸 온 것 같애."

그러자 그녀는 깔깔 웃으면서

"넘 재미있고 감동도 있어요."

이렇게 우리는 시간 가는 줄 모르고 많은 이야기를 나누었고, 다방에서 나와 시원한 가을밤을 걷다가 예비 사이렌 소리를 듣고 통행금지 시간이 다 되었다는 것을 알았다.

놀란 그녀는

"어떡해요, 큰일 났군요."

"자~~ 걱정하지 마, 이렇게 조용한 곳에서 지영이하고 산책도 즐거울 것 같은데?"

"안 돼요, 이러다 경찰 아저씨에게 잡히면 어떡해요."

나는 웃으면서

"그럼 어떻게 하지? 자~~ 지금부터 천천히 가을밤을 즐기면서 지영이 삼청동 집까지 산책하는 것도 좋을 것 같은데, 어때?"

당시 통행금지가 되면 우리 부대가 중앙청 옆 효자동 입구, 삼청동 입구 그리고 세검정과 북악터널 입구를 봉쇄하고 광화문 네거리는 5헌병 대대가 봉쇄를 하였다.

1·21 무장공비 사건 이후 청와대 외곽 입구 네 곳을 봉쇄하고 차량도 허가된 차량 외는 모두 통제되었다. 이에 청와대에서는 매월 출입할 수 있는

차량 번호 리스트를 우리 상황실로 보내 주는데 당시 똑같은 번호의 차량이 서너 대씩 되었고 그 번호의 차량 이외의 차가 네 곳의 바리케이트를 통과하기 위하여서는 우리 상황실의 허가를 받아야 했다.

그래서 가끔은 청와대 경호관들과 실랑이도 하지만 청와대 상황실과 효자, 삼청, 세검, 북악 네 곳의 근무 병력과 우리 작전 상황실과는 항상 밀접한 관계가 있었다. 더구나 차량 출입 상황은 통금 시간 이후인 12시부터 1시 사이가 많았는데, 그 시간대는 거의 나의 근무시간이기에 많은 사람들이 나를 알고 있었다.

더욱이 나는 부대에서 태권도 심사, 사격, 그리고 유격훈련을 담당하였기에 부대 안에서는 힘이 좀 있는 편이었다.

그러기에 당시 통행금지는 나에게는 아무런 장애가 되지 않았다.

근무하는 부대원들에게는 미안하였지만…….

우리는 어느 틈인가 자연스럽게 인적 하나 없는 안국동 길을 마치 오래된 연인처럼 자연스레 팔짱을 끼고 걷고 있었고, 낭인은 난생처음으로 가슴속에 사랑의 감정을 조금씩 담아 감을 느낄 수 있었다.

그리고 이렇게 우리는 짧은 시간에 서로에 대하여 많은 걸 알게 되었고 그러기에 그녀와 낭인은 조금씩, 조금씩 한마음이 되어 가고 있었다.

너와 나의 이야기
그녀의 어머니

1971-2

우리의 만남은 한 달에 서너 번씩 꾸준히 이어졌다.

만나면 만날수록 그녀의 아름다운 얼굴보다 더욱 아름다운 마음에 지금까지 외롭게 생활하며 차갑고 차갑기만 한 나는 조금씩 녹아 가고 있었다.

우리는 만나면 주로 음악 감상실과 다방에서 음악을 듣고 느낌을 서로 이야기하며 하는 과정에서 음악에 대한 느낌마저 서로가 닮아 가고 있었다.

*

그녀는 부산에서 무남독녀 외동딸로 태어났으나 몸이 약한 아버지가 그녀가 태어나고 나서부터 몸이 더욱 나빠져 거의 10년 가까이 오랜 투병 생활을 하시다 돌아가셨다.

그러기에 거의 아버지의 사랑은 받아 보지 못하고 그녀처럼 아름답고 기품 있는 어머니와 둘이서 부산에서 고등학교를 마치고 음악을 전공하기 위하여 서울에 와서 혼자 생활을 하고 있었다.

어머니는 남편이 세상을 떠난 뒤에 주위에서 재혼을 하라는 것도 뿌리치고 그녀와 함께 살면서 사회 활동과 그리고 조금은 자유분방한 생활을 하였고, 또 지금도 그러한 생활을 하시고 계시다고 하였다.

그녀는 고등학교를 다니면서 어머니가 자신에게 조금의 상처라도 주지 않게 하기 위하여 주위의 좋은 청혼도 뿌리쳤다는 것을 느꼈고 그러기에 어머니가 좋은 남자들과의 즐거운 데이트나 또는 다른 방법으로의 즐겁고 행복한 인생을 사시기를 진심으로 바라고 있다고 하였다.

나는 그녀가 사는 삼청동 집을 두 번 간 적이 있었다.

넓은 2층을 혼자 쓰고 있었는데 거실에는 커다란 오디오와 피아노 그리고 여러 개의 악기가 있었으며 그녀다운 깨끗한 침실이 있었다.

나는 그녀와 데이트를 할 때도 그녀의 집 앞까지만 바래다주고 돌아가곤 하였다.

당시 나는 집에 가려고 하지 않았는데 둘이서 남산에서 데이트를 하다가 갑자기 쏟아지는 비에 옷이 흠뻑 젖고 말았다. 그러자 날씨도 차가운데 옷을 말리고 가야 된다고 하여 할 수 없이 그곳에서 택시를 타고 그녀의 집에 가게 되었다.

당시 삼청동이면 고관대작 출신들이 많이 살던 동네로 서울에서는 집값도 비싼 편에 드는 동네였다.

나는 조금은 놀랐지만 원래가 그런 것에는 관심이 없었기에 그녀가 말려주는 옷을 입고 나왔다.

그리고 또 한번은 그녀가 오늘은 꼭 집에 가서 차를 마셔야 한다고 떼를 써서 할 수 없이 가게 되었는데, 집에 가 보니 어떤 부인이 집 안을 청소하고 계셨다.

그녀와 같이 들어가니 그 부인은 일을 멈추고 미소를 지으며 나를 빤히 쳐다보았다.

그녀가

"앉으세요."

그래서 모두 소파에 앉자

"울 엄마예요. 엄마, 여기는 지난번에 나 엄마한테 가지 못하게 한 사람이에요."

*

언젠가 내가 예정에 없던 주일 외박을 나오게 되었는데 그때 그녀는 엄마한테 가기로 약속했던 모양이었다.

그래서 마음 쓰지 말고 다녀오라고 했는데 모처럼 맞는 주일 외박인데 함께 있겠다 하여 엄마와의 약속을 지키지 못한 적이 있다.

참고로 우리 부대 주일 외박은 화요일 오후에 나가 수요일 저녁 8시까지
였다.

*

갑작스럽게 당한 상황에 당황한 나는 엉겁결에
"안녕하세요. 저 ××입니다."
라고 딱딱하게 인사를 하였다.
그러자 그녀의 어머니는 미소를 거두지도 않고 재미있다는 듯이 나를 쳐
다보면서
"반가워요, 얘 말대로 인상이 너무 좋아요."

그녀의 어머니는 그녀의 남자 친구를 마치 오래전부터 알고 있던 사람 대
하듯 아무런 부담도 느낄 수 없도록 반갑게 대하여 주셨다.
우리 세 사람은 오랫동안 재미있게 이야기를 나누고 나는 부대로 귀대하
였다.

며칠 뒤, 그녀를 만나자
"그날, 미안해요. 미리 말씀드리지도 않아서….."

"그래, 혼나야 돼. 하지만 어머니가 너무 좋으셔서 용서할 거야."
하였더니 그녀가 밝은 얼굴로
"엄마도, 너무너무 좋아하셨어요."

"하지만, 나 마음이 조금은 무거워졌어."
"왜요?"

"이제는 어쩔 수 없이 당신과 함께하여야만 될 것 같아서."

"네……? 그러면 안 그러시려 하셨어요?"

그렇게 너와 나는 점점 우리가 되어 가고 있었다.

그녀는 조용하면서도 한편 명랑하기도 하였다. 즐거울 때는 언제 어디서 나 누가 있거나 말거나 내 팔짱을 끼고 깡총깡총 뛰었고 그리고 어떨 때는 누가 떨어트리기라도 할까 봐 찰싹 달라붙어 힘 있게 내 팔을 잡고 걷기도 했다.

또 무슨 일을 결정할 때, 내가 난처해하거나 혹은 부담을 느낄 것 같은 결 정은 조용히 그녀 혼자 결정을 하여 나에게 이야기하기도 하였다.

언젠가 충무로의 음악 감상실에서 '나부꼬'를 듣고 있었다.
장중한 음악이 끝나자, 그녀가
"여보, 잠깐 나가요."
하여 나오니, 그녀의 눈에는 눈물이 흐르고 있었다. 나는 어이가 없어서,
"바보같이."라고 웃으며 말하니,
"나, 기도하고 싶어요."
그래서 그녀는 위층, 휴게실 구석에 앉아 '성모송'을 3번 하였다. 기도가

끝나고,

"세실리아(세실리아는 그녀의 세례명이다.), 나 다시는 3층엔 오지 않을 거야. 2층에 가야지 당신이 울지 않지."

(당시, 그 음악실의 2층은 '나슈빌'이라 하여 라이트 뮤직, 3층은 '바로크' 라 하는 클래식 음악 감상실이었던 것으로 기억한다.)

그렇게 그녀는 마음이 하염없이 여리기도 하였다.

그리고 천성적으로 어느 누구이든 상대방을 배려하는 마음과 습관을 가득 지닌 여자이기도 하다.

너와 나의 이야기
나(나의 부모)

———
1971-2

나의 아버지는 1924년에 태어나셨으며 어머니는 1927년에 태어나셨단다.

나는 아버지를 가장 좋아하면서도 또 가장 싫어하기도 하였단다.

왜냐구? 아버지는 의리 있고, 불의를 못 보시고, 인정 또한 많으셨단다.

그리고 어머니하고 자주 극장도 가시고 외식도 하시고 그때마다 나는 항상 두 분과 같이하였기에 나는 당시 거의 모든 영화를 볼 수 있었단다. 당시 6-7살 때 지금 명동에 있던 옛날 국립극장이었던 당시는 아마 '시공관'이라고 하였던 것 같다. 그곳에서 본 〈톰소어의 모험〉과 〈삼손과 데릴라〉 그리고 〈바람과 함께 사라지다〉는 지금도 또렷이 기억한단다. 그리고 어머니도 007 시리즈는 물론, 거의 모든 영화를 다 보셨단다. 당시 극장은 입구에 '기도'라는 사람들이 표를 받았는데 아버지가 들어가면 모두 "오셨습니까." 인사들 하면서 들여보내 주었기에 많은 영화를 볼 수 있었지.

아버지는 전기, 통신 분야 건설업을 하셨는데 당시 관공서의 입찰에는 지금의 건달과 같았던 깡패들이 좌지우지하던 때인데 그 부분에 있어서는 아버지는 모든 깡패들이 무서워하였기에 사업을 함에 유리한 것이 많으셨지. 의리와 인정이 많으셨기에 주위 많은 사람이 좋아들 했고 따르셨단다.

한번은 자유당 시절 지금의 국회의원과 같은 민의원 선거 유세장에서 서슬 시퍼런 권력의 자유당 후보가 정견 발표를 하는데 그 수많은 사람들 사이에서 갑자기 아버지가 일어나시더니 "야! 이 새끼야, 거짓말 그만하고 당장 집어쳐!"라고 하시는 바람에 정견 발표회장은 아수라장이 되고 아버지는 출동한 경찰에 끌려가셨지. 나는 끌려가는 아버지를 보고 걱정을 하여야 했는데 나는 오히려 '과연 우리 아버지다.'라는 생각이 들면서 오히려 그러한 아버지가 자랑스러웠단다.

또 하나는 내가 중학교 2학년 방학 때 부산 집에 내려가 있었는데 낮에 대문 입구 사랑방에서 두 문을 활짝 열어 놓고 담배를 맛있게 피우고 있는데 갑자기 대문이 열리며 아버지가 들어오시면서 내가 담배를 피우는 걸 보신 거야. 나는 순간적으로 '이제는 죽었구나.'라고 생각했는데 아버지는 그대로 지나가시면서 "야! 이 새끼야, 문 닫고 펴!" 그때 아버지에 대한 생각이 어떠하였겠니? 그러한 아버지이셨기에 가장 좋아했고, 또 가장 싫어하는 것은 아버지는 술을 좋아하셨는데 술만 드시면 심한 술주정과 어머니에 대한 폭행으로 그때마다 어린 나는 아버지를 죽이고 싶도록 미웠을 때가 많았단다.

그 술주정은 아버지가 돌아가시기 몇 년 전까지 계속되었다.

아버지의 그러한 술주정을 보고 자랐기에 나는 아무리 술을 먹어도 주정을 하지 않으려고 노력했고 또 비틀거리지 않으려고 노력했단다. 그리고 내가 가장 싫어하는 것은 평소에는 아무 말도 못 하다가 술만 들어가면 이

런 말, 저런 말 등 불만의 말, 남의 험담의 말을 하는 놈들이었지. 그러면 나는

"야! 이 새끼야, 할 말 있으면 술 처먹고 하지 말고 말짱할 정신일 때 해!"

하고 술상을 엎어 버리곤 했지.

그래서 많은 놈들이 나하고 술 먹을 때는 조심들 하지. 이러한 아버지에 대한 이유로 내가 중학교 1학년 때 아버지 사업 관계로 집이 부산으로 이사 갔을 때 나는 서울에서 혼자 남아 학교를 다니게 되었지.

나는 나의 어머니를 한마디로 성모마리아 같은 분이라고 생각한다.

평생을 아버지의 술주정에 고통을 받으시며 힘들게 사시면서도 언제나 자애롭고 그리고 어려운 생활 속에서도 봉사 활동 등을 하신 어머니! 그러기에 어머님이 돌아가셨을 때 성당에서 지낸 장례미사에 비 오는 궂은 날씨임에도 불구하고 그 큰 성당 안이 슬퍼하는 추모객들로 가득했었지.

어머니는 마리아 님의 모습처럼 인자하고 아름다운 분이셨지.

우리나라 최고의 명문교인 경기고녀를 나오셨고 음악은 클래식, 가요, 팝 모두 좋아하셨고 그래서 나도 어머님의 영향으로 어릴 적에 벌써 모든 명곡을 거의 알게 되었고 어머니가 일본 소설 등을 읽으셔서 어린 나에게 얘기하여 주시고 하는 과정에 나는 나를 조금씩 만들어 나가게 되었지.

어머니의 아버지, 즉 외할아버지와 5·16 혁명 전 우리나라의 최고 통수권자인 장면 박사, 그리고 한국 천주교회의 거목인 고 노기남 대주교, 이렇게 세 분은 의형제 같은 죽마고우로 외할아버지가 일찍 돌아가셨어도 어머니를 자신들의 딸처럼 사랑하시고 어머니도 두 분을 아버지처럼 따르셨단다. 외할아버지는 외할머니가 일찍 돌아가신 후 재혼을 하셨는데 새 외할머니의 동생은 우리나라 최초의 성우인 남해연 씨로 당시 〈산 넘어 바다 건

너〉라는 우리나라 최초의 연속방송극에 출연하시기도 하였단다.

당신이 어머니를 처음 만난 날 당신은 정말 어머니가 "고상하시고 미인이시며 진짜 당신 말대로 마리아 님 같네요."

그래서 내가 "그러기에 울 어머니 본명이 마리아의 어머니인 '안나'야! 그러니 닮을 수밖에."라고 하였었지.

이러한 부모님 사이에 나는 서울 한복판인 중구 초동에서 태어났다.

너와 나의 이야기
나(낭인의 생활)

1967

나는 어린 시절부터 남에게 지기를 무척 싫어하였고 어린 나이에도 한번 한다고 마음먹으면 끝까지 하고야 마는 성격에 승부욕도 강한 편이었다.

우리 집은 5남매에 내가 맏이였고, 내가 초등학교 4학년 때 큰아버님이 이혼을 하시는 바람에 큰집 형제들 3명, 이렇게 우리 집은 젖먹이 막내 여동생을 비롯하여 8명의 아이들로 항상 고아원처럼 북적거렸고 따라서 어머니의 고생은 말이 아니었다.

내가 어릴 적 당시는 아침이면 깡통을 들고 와 밥 좀 달라고 구걸하는 거지들이 많았다. 그러면 나는 밥을 먹다가 내 남은 밥을 갖다주곤 하였다.
식량이 귀한 시기이고 우리는 대식구였기에 항상 먹을 것이 부족했다. 내가 거지들에게 밥을 주고 나면 어머니는 야단은 하지 못하시고 당신 밥을 싫다는 나에게 억지로 주시곤 하셨다.

내가 어릴 적에는 학교교육이 거의 암기 위주의 교육이었다. 학교에서

국어 시간에는 거의 선생님이 "어디서 어디까지 외울 수 있는 사람 손들어 봐라." 하면 나는 항상 손을 들었다. 나는 신기하게도 책을 한 번만 보면 그 자리에서 바로 외어 버렸다. 그런 내가 신통하고 자랑스러웠는지 아버지는 시간만 나면 학교에 오셔서 수업하는 것을 창밖으로 쳐다보곤 하시었다.

하지만, 나는 공부는 별로 좋아하지 않았고 어릴 적부터 장난과 운동만을 좋아했다.

그래서 어릴 적 동네 사람들이 지어 준 별명이 '개고기'였다. 예전에는 장난이 심한 문제아들한테는 '개고기'라고 하였다.

초등학교 5학년 여름 어느 날 나는 여름방학 때 재미있게 놀려면 수영을 배워야겠다고 생각하고 학교를 빼먹고 지금의 원효대교 부근 작은 등대처럼 보이는 것이 있는 곳인데(그곳은 소용돌이가 심하여 사람들이 '벼랑 창'이라고 부르면서 가기를 꺼리는 곳이었다.), 그곳에 가서 옷을 홀딱 벗어 던지고 물속에 들어가서 머리를 물에 처박고 개헤엄을 치니 몸이 제법 앞으로 나가기에 재미있어서 점점 뒤로 나가면서 헤엄을 배워 갔다.

그래서 재미를 붙인 나는 마지막으로 좀 더 뒤로 가서 후닥닥 나와야지 생각하고 한 발짝 한 발짝 뒤로 가는 그 순간 몸이 갑자기 깊이 빨려 들어가기에 나오려 발버둥 쳤지만 나올 수가 없었다.

그런 뒤, 희미하게 정신이 나면서 주위를 보니 많은 사람들이 팬티도 없이 홀딱 벗은 내 주위에 몰려 있다가 "애가 살아났다." 하고 한 사람이 소리를 쳤고 한 사람은 계속 내 가슴을 누르고 있었다.

사람들 얘기는 멀리서 물에 빠져서 들어갔다 나왔다 허우적대는 것을 보고 한 사람이 "아이가 물에 빠졌다."라고 말하자, 당시 자동차 바퀴 튜브를 갖고 물놀이를 하던 사람이 다른 방법이라고는 없었기에 그 멀리서 튜브를 던졌는데 정신을 잃고 다시 물에 올라오던 내가 기적처럼 그 튜브를 잡았던 것이고 그래서 살아날 수 있었다고 하였다.

그 일이 있은 지 한동안은 죽음이라는 공포 속에 떨어야 했는데 한편으로는 내가 이 정도 갖고 포기할 수는 없지! 하고 또다시 한강을 찾게 되었고 드디어 여름방학 전에 수영으로 한강을 건널 수 있었다.

이렇게 나는 어릴 적부터 나 자신과 대화를 하고 나 자신과의 싸움을 하며 산 것 같았다.

예를 들어서, 어머니가 아버지를 만나러 시내에 가시면 나는 버스 정류장에 나가 어머니를 기다리곤 하였다. 당시는 버스가 아주 띄엄띄엄 왔는데 달달 떨면서 기다리다 앞으로 5대만 더 기다려야지, 하고 마음속으로 생각하고 기다리다가 2대가 오고 나서 너무 추워서 집으로 들어가다가, '아니야, 내가 5대를 기다린다고 하였지.' 생각하고 다시 돌아가 나머지 버스를 기다리곤 하였다.

나는 나의 이러한 성격은 어머니가 읽어 주신 《미야모토 무사시》 책으로도 많은 영향을 받았다고 생각한다. 최고의 무사가 되기 위하여 고행을 즐거운 마음으로 만들며 무사 수업을 하는 무사시가 나는 무척이나 존경스러웠으니까……

이렇게 어린 시절을 보낸 나는 중학교 때부터 혼자 생활하게 되었고, 과정에 나는 어느새 거친 사회를 살아가는 데 익숙해 있었다.

중학교 졸업 후 부산에 내려가 아버지에게

"저 고등학교 가지 않겠습니다."

라고 말하니 아버지는 나를 한동안 바라보시더니

"네 놈이 가기 싫다고 생각했으니 억지로 보내 봤자 그렇지…,

자신 있느냐?"

라고 말씀하시기에 나는 "네."라고 짤막하게 대답하였고 그게 끝이었고
그래서 나는 그렇게 순식간에 고등학교를 졸업하게 되었다.

나의 군 입대 전의 생활은 낭인의 생활이었다.

나는 돈이라는 것에 대한 애착이나 욕심도 없고 주머니는 항상 비어 있을
때가 많았다.

그래도 하루하루 살아가는 것에 대한 어려움은 전혀 느끼지 못하였다.

이 체육관, 저 체육관에 가서 이 운동, 저 운동 거의 하루를 운동을 하며
지냈으며 먹고 싶은 게 생기면 내가 가면 반갑게 맞아 주는 여기저기 다니
면서 먹고, 다방에 앉아서 커피 마시고 담배 달라고 하여 피우고. 그러기에,
돈에 대한 욕심을 낼 필요도 없고 그렇다고 돈이 없다고 힘든 것도 없었다.

당시는 맘보바지, 섹션바지, 나팔바지 등이 계속해서 유행을 만들었지만
나는 사시사철 오직 미군 스모르 작업복을 검정색으로 염색하여 입고 군화
를 신고 다니는 것이 내 패션의 전부였다.

용돈이 떨어지면 가끔 동생들이 "형님 돈 있으세요?" 하면서 쥐어 주고….
이렇게 낭인 생활은 이어졌다.

동생들이 용돈을 준다고 하여 내가 깡패 새끼는 절대 아니다.

나는 그러한 생활 자체가 싫고 혐오를 하고 또 어디 나서기는 더더욱 싫어했다.

음식점이나 다방에서 내가 가면 밥도 주고 차도 주면서 좋아하는 것은, "어디 어디가 내가 잘 가는 곳이다." 하면, 그곳에는 업소 주인을 괴롭히는 양아치 같은 깡패 놈들이 얼씬도 하지 않았기 때문이다.

동생 놈들이 나에게 용돈을 줄 때도 나는 "야! 너 임마, 이 돈 어디서 삥 뜯은 거 아니냐?"라고 하면

"형님 절대로 아닙니다."라는 확인을 하고서야 돈을 받는다.

당시 나는 명동 쪽에서 태어나 자랐기 때문에, 그리고 운동을 많이 한 편이기에 주로 운동을 한 동생들이 많았다.

하루를 거의 체육관에서 살았기 때문에 모든 운동마다 승단이 무척 빠른 편이었고, 그러기에 때로는 나이가 많은 놈들까지 '형님'이라고 부르는 놈들이 있었다.

그리고 나는 내가 형이라 부르는 사람들은 거의 없었다. 모두가 동생들뿐이었다.

몇 번 다방에 앉아 있으면 지역의 주먹들이 와서 "우리 형님이 좀 보자 하십니다." 하면

"내가 왜?"

하면서 간단하게 거절하곤 하였다.

그러나 개중에는 친하게는 지내지 않았지만 몇 명은 내가 정말 존경하는

주먹 형님도 있었다.

의리가 있었기에!

그러나 그냥 나는 오직 나 혼자서의 낭인 생활을 하면서 살아가고 있었다.

그러한 나는 가끔 혼자서의 무전여행을 즐긴다.

조그만 가방 하나 짊어지고 표도 없이 기차를 타고 목적지쯤 되면 달리는 기차에서 뛰어내리고…, 하면서 여행을 한다.

그렇게 하다 보니 달리는 기차에서 뛰어내리는 것은 달인이 되었다.

언젠가는 당시의 초고속 특급 열차인 '재건호'를 탔었는데 검표를 예상보다 일찍 하는 바람에 검표하는 차장을 피해 계속 뒤 칸으로 나가다, 도저히 답이 안 나와 할 수 없이 난간에 서서 뛰어내릴 준비를 하는데 무서움을 모르는 나도 두려울 수밖에 없었다. 무시무시한 속도에 자칫하면 뛰어내리자마자 기차 속 안으로 빨려 들어갈 것만 같았다.

참고로 기차에서 뛰어내릴 때는 맨 마지막 칸으로 가야 한다. 그래야 뛰어내린 뒤 자칫하면 기차의 속도에 달리는 기차에 빨려 들 수도 있기 때문이다.

그러나 지금은 마지막 칸으로 갈 수 있는 상황이 아니었다. 뒤 칸 쪽에서도 차장이 오고 있었기 때문이다.

이제 선택의 여지는 없었다.

속으로 하나, 둘, 하고 가방을 밖으로 던지고 셋 하면서 뛰어내려 죽어라 기차 옆으로 따라 달리면서 밖으로 조금씩 기차와의 간격을 벌리면서 뛰는 속도를 줄였다.

참고로 기차에서 뛰어내린 다음엔 기차를 따라 같이 뛰어야지 그렇지 않으면 달리는 기차에 빨려 들고 만다.

성공을 하자, 기분은 말로는 표현할 수도 없을 정도…….

"해냈구나."

던진 가방을 찾으러 반대쪽으로 하염없이 걸어가면서도 발걸음이 그렇게 가벼울 수가 없었다.

한 번 성공한 후 가끔 초특급 자가용인 '재건호', '통일호'를 이용할 수 있었다.

혼자의 여행은 나를 에덴동산으로 인도한다.

시골 장날에 가축장에 가서 토끼 한 마리 사 들고 소주 한 병 사서 산에 올라가 토끼를 나무 불에 구워 소주를 마시면서 먹는 맛은 어디서도 맛볼 수 없는 일품요릴 것이다.

토끼 한 마리와 소주 한 병 마시고 바위에 누워 하늘을 바라보는 것은 더 이상 바랄 것이 없는 행복한 순간이다.

또 가끔은 마을에 들어가면 당시만 해도 시골에는 머슴들이 있었는데 평상에들 앉아 강보리밥과 풋고추에 밥을 먹고 있기에, 나는 무조건 가서 "한 그릇 얻어먹읍시다." 하니 "앉으세요." 하면서 반갑게 대하는 그들의 따뜻한 시골 인심은 도시에서는 구경도 못 할 것이다.

풋고추에 된장 찍어서 보리밥 한 그릇 먹고 나면 그들은 풍년초를 신문지에 익숙하게 말아서 한 대 피우라고 준다.

참으로 따뜻했다.

'더 이상 무엇을 바랄 것인가?'

이렇게 낭인은 혼자만의 여행으로도 따뜻한 인정도 배우고…, 커 가면서 살아가고 있었다.

이렇게 하루하루 낭인 생활을 하던 어느 날 아버지가 나를 찾아오셨다.

"너 시간 있으면 아버지 현장 좀 도와줄 수 있니?"

말씀하시는 아버지 표정이 무슨 어려운 일이 있으신지 무척이나 힘들어 보이셨다.

너와 나의 이야기
나(세상 속으로-1)

1967

아버지는 전기통신 분야의 건설업을 하시고 계신다.

공사는 많이 하시지만 인정이 많고 인심이 좋아서 공사를 많이 하시고도 항상 재미를 보시지 못하는 편이다. 그리고 자본이 넉넉지 않아 공사를 할 때마다 자금이 부족하게 되면 사채를 쓰시기 때문에 공사가 지연되면 지체 상환금 등으로 까지고 하기에 항상 어려우신 편이다.

아버지는 지금 대구에서 부산 간 철도청 통신선로 보강 공사를 맡아서 시공 중이신데, 현장 직원이 현장 일을 제대로 수행을 하지 못하여 걱정이 많으신 모양이었다.

철도청 통신선로는 철도 옆에 철길을 따라 세워져 있다. 그러기에 공사 현장이 한곳에 있는 것이 있는 것이 아니라서 하루에도 10㎞ 이상씩 이동을 하기 때문에 많으면 3-4십 명씩 되는 공사 인력과 당시는 도로도 열악하고 차량도 귀하지만 차량이 다닐 수 있는 도로도 없기에 엄청난 중량의 장비도 손수레로 끌고 이동하여야 했다. 이렇듯 철도청 통신선로 공사는 엄청 힘든 공사였다.

또한 현장이 매일 긴 거리로 이동을 하기에 공사 인력의 식사와 숙소 준비도 공사 이상으로 힘이 든 일이다.

그러니 웬만한 사람이 아니면 해내지 못하는 것이 철도 통신선로 공사 현장 관리다.

나는 아버지를 제일 싫어해서 중학교 때부터 집을 나와 혼자 생활하면서도 지금까지 아버지 부탁은 한 번도 거절한 적이 없었다.

이래서 나는 평생 처음으로 세상 속으로 들어가 일이라는 것과 만나게 되었다.

이후 아버지께서는 어려우신 현장이 있으시면 나를 찾으셨고 그럴 때면 나는 어떠한 중요한 일이 있어도 아버지의 현장에 달려가서 도와드리곤 하였다.

대구-부산 현장

난생처음 일이라는 것을 하게 되었는데, 그것도 노가다 중에서도 가장 다루기 힘든 노가다인, 전기공을 상대하는 공사판이었다.

어디서나 그렇듯이 공사 현장도 마찬가지다.
전기통신 공사 현장을 관리하려면 먼저 전공들과 인부들을 장악하여야 한다.

그들을 장악하지 못하면 그 현장은 엉망이 되고 따라서 공사도 적자를 면하기 어렵다.

그들을 이기기 위하여서는 먼저 기 싸움에서 그들을 이겨야 하고 또 무언가를 그들에게 보여 주어야 한다.

어릴 적부터 남에게 지기 싫어하면서 이기는 것만을 몸에 익혀 온 나는 공사 현장이라고 예외는 없었다.

그러기에 그러한 공사판에 20살도 안 되는 내가 이번 현장을 평정하여 보기로 결심했다.

어린 내가 현장을 내려가자 노가다 중에서도 난폭하기로 유명한 전공들은 나를 깔보고 지시하는 말도 듣지 않고 현장 일도 자신들 멋대로 움직이고 있었다.

첫날이 지나고 둘째 날 저녁, 식사가 끝나고 그들은 술자리를 펼치고 있었다.

전공들은 전기를 만지는 직업이기에 그들은 항상 술을 많이 마셨다. 대부분 아침 식사 후도 큰 사발에 소주를 가득 부어 한 잔 쭉 들이키고야 일을 나설 정도로 술들을 많이 마신다.

나는 그들의 술자리에 끼어들었다. 어린 내가 끼어드니 조롱하는 말투로 "자네 술이나 마실 줄 아나?" 하면서 한 잔을 따라 준다. 그런 뒤 또 다른 사람이, 그리고 또, 그들은 작정을 하고서 나를 골탕 먹이려고 서로 돌아가면서 마구 술잔을 주고 있고 나는 시원스럽게 배 속에 부어 담았다. 어느 정도 시간이 지나자 공격하던 그들부터 하나씩 하나씩 떨어지고 오히려 공격받

왔던 나는 그날의 승자가 되었다. 그다음 날 아침, 그들은 조금은 나에게 경외심을 갖는 것 같았다.

그리고 며칠 뒤, 공사 현장은 공사 구간이 길기 때문에 보통 A, B, C조, 때로는 D조 등 이런 식으로 나누어진다.

한데, 아침에 현장에 나가 보니 B조에서 꼭 필요한 자재를 A조 사람들이 가지고 갔다.

큰일이었다. 그 자재가 없으면 B조는 작업을 진행할 수가 없었다. 나는 속으로 '이놈들이 또, 나를 골탕 먹이려고 하는 것인가?' 생각하고 자재를 챙겼다. 여하튼 자재를 B조에게 갖다주어야 했으니까….

한데, 문제는 A조와 B조의 사이였다. 당시 현장은 밀양 부근이었는데 지금은 없어진 역인 것 같은 유천역과 밀양역 사이에는 10㎞가 넘는 긴 터널이 있었는데 A조와 B조 사이에 그 터널이 있었다. 그러기에 B조에게 자재를 갖다주기 위해서는 그 터널이 있는 산을 넘어야 했다. 터널 길이가 10㎞ 이상이니 그 산은 얼마나 험하고 멀 것이며 또 그곳까지 가려면 빠르게 가더라도 최소 한나절 이상이 걸려야 될 것이었다.

나는 작심을 하고 산을 넘지 않고 터널 앞까지 왔다.
미친 짓인 줄 알면서도
"터널을 뛰자."

그러나 문제는 터널 안에서 기차를 만나는 것도 문제지만 당시는 증기기관차가 많았던 시절이기에 증기기관차가 지나가면 터널 안은 연기로 가득

찬다.

　잠깐을 생각한 나는 철길 아래로 내려가 목에 두른 수건에 물을 적신 뒤, 철길로 올라와서 기차가 지나가기를 기다렸다.

　터널 길이가 10㎞가 넘고, 군화를 신고 있고, 자재도 들었으니, 그리고 침목 위를 뛰니깐 침목에 발이 걸리면 안 된다. 조금 안으로 들어가면 캄캄할 것이다. 그러면 아무리 빨리 뛰어도 1시간 이상이다. 아마 1시간 이상이면 그동안에 기차는 두 세대가 지나갈 것이다. 그러면 젖은 수건으로 코와 입을 막고 뛴다. 이렇게 결심을 하고 전개될 상황을 판단하고 있을 때 기차 소리가 나서 보니 증기기관차가 오고 있다. 나는 속으로 '빌어먹을, 하필이면!' 생각하며, 기차가 터널 안으로 들어가고 연기가 빠지면서 터널 안의 모습이 시야에 들어올 때 터널 안으로 들어가 뛰기 시작했다.

　'마치 지옥문 속으로 들어가듯이.'

　어느 정도 터널 안으로 들어가자 터널 안은 캄캄했다.

　정신없이 달리고 또 달리고……,

　얼마를 달렸을까?

　멀리서 기차 오는 소리가 들리기 시작했다. "디젤기관차 소리다." 순간적으로 판단한 나는 기차가 점점 가까워 오자 터널 벽 끝에 바짝 붙어 바닥에 납작 엎드렸고 기차가 지나가자 터널 안은 디젤유가 연소되면서 내뿜는 메케한 냄새와 연기로 꽉 메워졌다.

　'숨을 쉴 수가 없다.' 냄새와 연기는 빨리 빠져나갈 생각을 안 한다. 되돌아갈 수도 없다. 암흑 속의 나는 아무것도 선택의 여지가 없는 상황이었고 내가 얼마나 왔는지 또 얼마가 남았는지도 모른다.

일단 젖은 수건으로 코와 입을 막고 또 달리기 시작하였다. 숨은 가급적 긴 시간을 참으면서 계속계속 뛰었다. 최악의 상황이지만 뛰는 발은 정확을 요구하고 있다. 자칫, 침목 위를 뛰는 발의 보폭이 틀려지면 침목에 걸려 얼굴과 몸이 철길 위에서 박살이 나기 때문이다. 점점 군화가 무거워지기 시작했다.

한참을 달렸을까?

그때, 멀리서 또 기차가 오는 소리가 들리기 시작했다. "이번엔 증기기관차 소리다, 죽었구나." 아직도 터널 안은 메케한 디젤유 냄새와 연기가 가득한데…….

저승사자와 같은 열차가 굉음을 내면서 내 옆을 스치고 지나갔다. 터널 안은 진한 연기로 가득했다. 도저히 숨을 쉴 수가 없다. '죽는 건가?'라는 생각과 그래도 '멈출 수는 없다.'라는 생각이 동시에 난다. 젖은 수건은 이미 물이 아니라 땀으로 적셔져 있다. 다리는 휘청거리지만 그래도 이제는 완전히 기계적으로 움직인다.

"이겨야 한다, 내가 이까짓 것 가지고……."

어깨에 멘 자재도 이제는 무게가 천근이 되어 그냥 던져 버리고 싶은 마음까지 든다.

이제는 내 몸에 규칙이라는 것이 없어진 것만 같다. 그냥 폐기 처분될 기계가 겨우 움직이는 것 같이 무의식 상태에서도 움직여 주는 것이 희미하나만 고맙게 느껴지기도 한다.

바로 그때, 연기 가득한 터널 안 저 멀리 희미한 조그만 점 하나가 보였다.

"저기다."

갑자기 힘이 나기 시작했다.

이제 거리는 약 2㎞ 정도 남은 것 같았다.

하얀 점은 점점 커지기 시작했다.

그 점이 커질수록 내 몸은 점점 예전으로 돌아가고 군화의 무게도 가벼워지는 느낌이었다.

다행히 저승사자 같은 기차도 더 이상 나타나지 않았다.

드디어 맑은 공기를 엉망이 된 내 폐 속에 가득 담을 수가 있었다.

"해냈구나!"

승자의 기분을 만끽하면서 B조의 현장에 도착할 수 있었다. 자재가 없어 걱정하던 B조 팀들은 오늘 일은 망쳤구나 하고 걱정들 하고 있다가 내가 도착하자 놀라면서 "어떻게 왔냐?" 물어서 "터널로 왔다."라고 하니 믿지 않다가 당시 나도 몰랐지만 내 얼굴이 연기에 새까매진 것을 보고 그제야 믿고 나도 그제야 내 얼굴이 연기에 새까맣게 된 것을 알았다.

여하튼, 당시 나의 무모한 행동은 비록 죽을 고비를 넘겼다 할 수 있을 정도였지만, 그 가치는 충분하였다. 그 이후 그 사실을 안 모든 전공들과 인부들은 모두 나에 대하여 함부로 하지 않게 되었다.

그리고 그 현장에 또 하나 나의 전과는 공사 막바지에 전주의 안전을 위하여 굵은 철사를 꼬아 만든 스트랜드 와이어라는 줄로 전주 상부에 묶고 땅속에 지주 물을 박아 거기에도 묶어 전주를 안전하게 지탱시키는 와이어인데 그 자재가 모자라 공사가 중단되게 되었다.

그 와이어는 한 다발이 100kg의 무게로 각 현장까지의 운반도 힘이 들었다.

여하튼 그 자재의 부족으로 인하여 아버지도 대단히 걱정을 하셨다. 그래서 내가 아버지에게 "걱정하지 마세요." 하고 다음 날 새벽 부산으로 출발하여 부산 국제시장 전기 자재상에 가서 와이어 4다발을 사서 차를 부르니 없었다. 당시 화물차는 바퀴가 3개뿐인 삼륜차가 대부분이었다. 그래서 할 수 없이 짐을 나르는 리어카를 불러 "아저씨, 부산역까지 가는 데 얼마?"라고 물으니 "얼마만 주세요." 하길래, "아저씨, 그 금액에 2배, 그러니 2배 빨리 달립시다."라고 웃으면서 얘기하니 아저씨도 "알았습니다."라고 큰 소리로 대답하며 짐을 싣고 부산역으로 뛰기 시작했다.

기차 시간은 서울행 급행열차가 10시다. 지금 시간은 9시가 조금 넘었다. '뛰지 않으면 가망이 없다.' 생각하고 나도 리어카의 뒤를 밀면서 부산의 대로를 뛰었다.

부산역에 도착한 나는 짐을 개찰구 입구에 내려 달라고 부탁하고 표를 사러 뛰었고 표를 개찰구에 와서 개표를 한 뒤 한 덩어리씩 역 안으로 굴려 넣은 다음, 역 플랫폼 연결 계단으로 한 덩어리씩 올리고 내리고 하여 10시 행 급행열차 플랫폼에 도착한 뒤 2등 칸과 3등 칸 사이에 하나씩 올려놓자마자, 기차가 출발하기 시작했다.

객차와 객차 사이에 와이어를 올려놓은 그때서야 나는 안도의 한숨을 돌릴 수 있었다.

100kg 무게의 와이어 덩어리를, 그것도 4덩어리를 어떻게 굴리고 들고 하여 기차에 올렸는지 내가 하고서도 실감이 나지 않는 기적이었다.

이제 다음 단계가 남았다.

열차가 출발한 지 얼마 되지 않아 현장이 가까워지고 있었다. 철도 통신 선로 전주에는 역 사이마다 번호가 붙어 있다. 나는 우리 현장이 어디쯤인지 예상하고 일하는 현장을 보기 위하여 기차 사이 승강대를 잡고 현장을 찾기 시작하였다.

이제 저 멀리 우리 전공들이 보이기 시작했다. 나는 가까이 왔을 때 큰 소리로 "어~~이." 부르면서 와이어 한 덩어리를 밖으로 굴려 보냈다.

이렇게 네 군데의 현장에 모두 와이어를 멋있게 전달하고 나는 무전여행 과정에서 익히고 숙달된 달인의 실력으로 달리는 기차에서 뛰어내려 현장으로 갔다.

이렇게 하여 아버지의 걱정을 말끔히 씻어 드리고 다시 한번 작업자들을 놀라게 만들었다.

나는 이렇게 나의 첫 번째의 세상 속에서 빛난 전과를 세우게 되었다.

"바보군요, 왜 그리도 무모한 짓을 했어요."

"선택의 여지가 없었는데 그럼 어떻게 하니."

"그래도 그건 아닌 거 같았어요. 이제부터는 몸을 그렇게 혹사시키지 마세요."

"기왕 현장에 나간 거, 확실하게 그들을 장악하지 못하면 내가 현장에 나간 의미가 없었거든."

"아무리 그렇다고 하여도."

"현장 관리라는 것은 두 가지가 있는데 '그들의 비위를 맞추며 끌고 가느냐! 내가 그들을 장악하여 끌고 가느냐!'인데 그들의 비위를 맞춘다면 20살도 안 되는 나는, 현장의 관리자가 아니라 그들의 심부름꾼에 지나지 않게 되지."

"아이들아,

살아가면서 때로는 모험을 걸어야 될 때도 있단다. 모험을 걸어야 할 때 그것이 무서워 몸을 사린다면 어쩌면 그것이 무슨 일을 결정하고 처리할 때 장애 요인이 될 수도 있고, 때로는 평생 자신의 가슴 속에 멍울로 남을 수도 있단다."

너와 나의 이야기
나(세상 속으로-2)

———
1967

동대구역 신축 통신 공사 현장

아버지는 새로 생기는 동대구역 신축 공사의 통신선로 공사를 수주하셨는데 신설되는 동대구역은 대구 신암동에 건설되고 있었다. 신암동은 대구시외버스 주차장이 있는 곳으로 당시 대구, 최고의 우범지역이기도 했다.

당시 정부에서는 폭력배를 제주도로 보낸다 하여 많은 폭력배들이 제주도로 가지 않으려고 동대구역 공사 현장으로 몰리고 있었고 이에 아버지의 현장도 예외 없이 이들이 몰렸다. 그들은 현장에 와서는 제대로 일도 안 하면서 문제를 만드는 일도 많았던 것 같았다.

신설 역사 공사라는 대형 공사이기에 수많은 인부들이 필요했고 이에 따라 참여한 각 회사들도 공사에 필요한 인부 확보에 치열한 전쟁들을 벌였다. 이러한 상황 속에 아버지도 제주도를 피하여 공사 현장에 온 폭력배들을 어쩔 수 없이 고용할 수밖에 없었다.

허나 이들은 늦게 나온다든지 또는 일찍 들어가 버린다든지, 그리고 현장에서 일도 안 하고 빈둥거리고 전공들한테 시비를 걸고 여하튼 문제가 많왔던 것 같았다.

아버지의 부탁에 현장에 내려간 나는 며칠 동안 그들과 같이 묵묵히 일만 하였다.

어린 내가 회사의 공사 현장감독으로 내려오니 인부들은 쾌재를 부르면서 더욱 태만하게 일을 하였으며 어린 내가 현장감독으로 왔다는 소문에 만만해진 우리 현장에는 폭력배 인부들이 더욱 몰리고 있었다.

새 역사 공사였기에 전주도 모두 새로 세워야 하였다. 역사의 전주이기에 전주는 나무 전주가 아닌 모두 콘크리트로 만든 길이 14m 전주로 무게도 엄청났지만 전주 하나를 세우기 위한 구덩이도 2.5m 이상을 파야 하고 전주 1개를 운반해도 보통 10여 명이 달라붙어 목도라는 나무목으로 운반을 하고 전주를 세울 때도 당시는 어떠한 장비도 없이 오직 사람의 힘으로만 세워야 했기에 보통 이삼십 명이 달라붙어 밑에서 바치고 줄로 당기고 영차, 영차 하면서 세웠던 시절이었다. 이는 보통 힘든 작업이 아니었다.

또한 당시 동대구역에 세워지는 전주는 H주라고 하여 전주 2개를 세워 사이에 완목을 연결하여 그 완목에 사기로 만든 애자를 붙이고 그 애자에 통신선을 고정시키는 것이다. 그러기에 2개의 전주를 세우는 구덩이도 정확하게 파야지 그렇지 않으면 두 개의 전주의 높이가 틀리기에 공법에도 어긋나지만 보기에도 싫기 때문이다, 그러기에 현장에는 철도청에서 나온 공사 감독관이 항상 지키고 있으면서 공사 시방서에 맞게 공사를 하도록 하고 있다.

그러던 어느 날, 전주를 심을 웅덩이를 파는데 두 개의 전주 웅덩이 중 한쪽은 파고 다른 한쪽을 파는데 규정의 깊이에 약 30㎝ 정도를 남겨 놓고 바닥에 암반이 나타났다. 모두들 난감했다.

회사에서 나온 기술부장도 얼굴이 일그러졌다.

당시 약간의 비가 내리기 시작했는데 내가 주위를 둘러보니 철도청 공사 감독관이 보이질 않는다. 아마, 비가 오기 시작하니 들어간 모양이다.

나는 회사 기술부장에게 그냥 전주를 심어 버리자고 하였다. 그러자, 우리 기술부장은 "안 돼, 큰일 나려구!" 하면서 난색을 한다. 그래서 내가,

"부장님, 허면 어쩌실려구요? 그냥 이대로 고사만 지내고 있을 겁니까? 더욱이 지금 비가 오는데 웅덩이에 비가 고이면 옆에 세운 전주도 위험해집니다. 그냥 세우세요! 내가 책임집니다."

기술부장은 다른 뾰족한 방법도 없었고 사장 아들이 책임을 진다 하니 할 수 없이 작업 인원을 동원하여 부슬부슬 내리는 빗속에서 전주를 세우기 시작했다.

전주를 세우자 옆에 세운 전주와 하나는 높고 하나는 낮고 하여 위가 맞지 않아서 보기 싫은 것이 확연히 표가 났다.

나는 질려 있는 기술부장에게 돌을 쪼갤 때 쓰는 '정'과 큰 망치 그리고 쇠톱을 달라 해서 로프를 들고 비가 와서 미끄러운 전주를 사다리 끝에서부터 기어오르기 시작했다. 가느다란 전주 꼭대기에 완목 핀 구멍에 핀을 꽂아 발을 지탱하고 로프로 전주와 내 몸을 묶고 전주 상부를 정으로 부수기 시작했다.

비는 더 세차게 내리고 천둥까지 치고 있다.

작업하던 현장의 모든 사람들은 비를 피하여 모여 있으면서 멀리서 '저놈이 과연 어쩌려고 하는 것인가'들 생각하면서 보고 있는 것 같았다.

전주는 방금 전 세웠기에 꼭대기는 심하게 흔들리고 있었다. 12m에서

14m의 높이는 인간이 가장 고공 공포를 느끼는 높이다. 그러기에 군대의 유격훈련장의 '헬기 레펠'의 높이도 14m인 줄 알고 있다.

공포의 높이, 그것도 천둥과 번개가 치는 속에서 세찬 비를 맞으며 흔들리는 작은 기둥에 몸을 의지한 채 정과 무거운 망치로 전주의 상부를 날리기 시작했다.

두어 시간이 지났을까, 전주 상부의 콘크리트가 약 30㎝가 날아갔고 철근만 삐죽이 솟아 있다. 그것을 다시 쇠톱으로 하나씩 자르기 시작했다.

이미 운동으로 단련된 강한 나의 팔도 어린아이 팔보다도 약할 정도로 탈진한 상태다.

끝나고 내려와서 전주 위를 보니 두 개가 나란히 키가 맞았다.

다만 꼭대기의 철근이 바짝 자르기가 불가능하여 약간 튀어나온 상태로 자른 것이 보여 감독관이 보면 문제가 될 것이다.

나는 입을 벌리고 놀란 모습을 짓고 있는 부장에게

"부장님, 시멘트 좀 구해다 주세요. 비가 그치면 다시 올라가야 됩니다."

그래서 다음 날 새벽에 혼자 나와 전주 위를 올라가 튀어나온 철근을 시멘트로 감싸서 발라 완벽하게 작업을 마무리하였다.

대구 현장에 간 지 이제 며칠이 지났지만 나는 인부들과는 거의 말을 하지 않았다. 녀석들이 회사 현장감독으로 온 나에게 시비를 걸 요량으로 말을 걸어도 싸늘한 내 눈으로 답을 하고 한마디의 대꾸도 안 하였다. 그러다 보니 그 녀석들도 나를 점점 껄끄럽게 생각하였었는데, 빗속의 전주 꼭대기의 작업은 소위 깡다구와 배짱을 충분히 보여 준 계기가 되었다.

다음 날은 임금 지불일이다. 임금은 일주일에 한 번씩 지불하는데 나는 회사의 김 과장에게 인부들 임금은 내가 주겠다고 하여 김 과장이 정산하여 봉투에 담은 녀석들의 임금 봉투에 든 돈을 모두 꺼내어 절반씩만 담아 다시 넣었다. 이를 본 김 과장이 놀라면서 "어떡하려 그래?" 하기에 나는 빙긋이 웃으며 "과장님 제가 알아서 할게요. 믿어 보세요."

김 과장은 30대 중반의 아버지 회사에서 근무한 지가 5년 정도 된 사람이다.

일이 끝나고 임금을 받기 위하여 수십 명이 회사 현장 천막 앞에 모였다. 내가 임금 봉투를 나누어 주자 그 안을 확인한 그들은 난리가 났다.

"이게 뭐야?"

한 녀석이 큰소리로 나를 험악한 얼굴로 보며 따졌다. 지금껏 그들과 거의 말을 하지 않던 내가

"보면 몰라? 그것도 당신들 일한 것보다 후하게 준 거야!"

현장은 험악해지기 시작했다. 김 과장과 기술부장은 겁에 질려 사색이 다 되어 있고 아직 가지 않고 있던 철도청 공사 감독관도 걱정스런 모습이다. 그때 한 녀석이

"이런 조그만 새끼가!" 하면서 주먹이 날라 온다.

나는 날아오는 주먹을 피하지도 않고 한 손으로 받아치면서

"뭐? 조그만 새끼가?" 하면서 옆에 있던 곡괭이 자루를 집어 들고 주먹을 휘두른 놈의 허벅지를 박살이 나도록 힘 있게 친 다음에 "억." 하면서 주저앉는 놈을 어깨를 다시 내려쳐 버렸다. 그것으로 상황은 끝났다.

험악하던 분위기는 이제 겁에 질려 버렸다. 나는 그놈들 중 그래도 우두머리로 보이는 놈을 불러 잠깐 보자고 하여, 근처로 데려가서

"형! 미안해." 하고서 서로 이야기를 하였다. 나는 지금껏 살면서 존댓말

은 거의 하지 않았다. 말을 할 기회도 없지만 존댓말을 하여야 될 놈들과는 아예 말을 하지 않았다. 녀석은 처음에 곡괭이 자루를 그대로 들고 있는 나를 경계를 하다가 내가 형이라 하고 미안하다고 하면서 말을 시작하자, 바로 우리는 보통의 대화로 이어갈 수 있었다. 서로 간 화해의 대화가 끝나고 난 다음에, 나는 봉투를 꺼내어

"이거 나머지 임금이야. 형이 말해서 나에게 받아 냈다 하고 나누어 줘."

그 형의 얼굴이 갑자기 환해졌다. 돈도 돈이지만 자기 위신을 세울 수 있으니…. 그 형은 그것을 나누어 주면서 나에게 받아 내느라 어쩌고저쩌고 하면서 녀석들에게 엄청 가오다시를 세우겠지, 라는 생각을 하면서 나는 속으로 웃으며, 돈을 얼마 더 꺼내어

"형 이거 얼마 안 되지만 이거 가지고 모두 술 한잔하고, 맞은 놈 좀 치료 좀 해 줘!" 하자

"어, 고맙다. 내일부터는 전부 열심히 일을 하라고 할 테니 걱정 마!"

그렇게 그 형은 아주 만족하여 그들을 데리고 갔고 그다음부터는 현장도 만족이었고 김 과장과 기술부장도 만족이었으며 우리 현장은 더 이상 인부를 구하는 데 걱정을 하지 않아도 되었다. 사람이 필요하면 그 형에게 부탁만 하면 얼마든지 데리고 왔으니깐!

이렇게 하여 아버님의 두 번째 걱정을 해결할 수 있었고 공사 감독관과 전공들에 의하여 세상 속의 나에 대한 소문은 조금씩 퍼져 나가고 있었다.

*

아이들아!

세상을 살아가려면 수많은 사람들과 부딪칠 것이다.

과정에 때로는 용기가 필요할 때도 있지만 무모한 용기는 자신에게

화가 될 수도 있단다.

지혜가 있는 용기,

이것은 너희들을 더욱 강하게 만들 것이다.

너와 나의 이야기
나(세상 속으로-3)

1968

영주역-경주역 간 통신선로의 통신선 일부 철거 공사

언젠가 내가 여행을 다녀와서 오랜만에 동생들을 만나자 동생들이

"형님, 형님 아버지께서 형님을 많이 찾으신 것 같으셨습니다."

"그래! 무슨 일이시지?"

생각하고 부산에 아버지 회사로 전화를 하였다. 전화를 하자 회사의 여직원 누나가 반갑게 전화를 받으면서 아버지는 지금 영주 현장에 가 계신다고 하면서 만일 나에게 전화가 오면 영주로 빨리 좀 와 달라고 하셨단다. 그래서 여행을 다녀와서 쉴 틈도 없이 아버지를 만나러 영주로 향하였다.

영주에서 경주 간 통신선 철거 공사는 통신선 몇 회선을 철거만 하면 되는 간단한 공사였지만 문제는 철거한 동선의 관리였다.

통신선은 2㎜와 2.9㎜의 나동선으로 되어 있는데 전주 10개 사이만 철거하여도 1선당 수십 ㎏이나 되었다. 동선은 지금도 그렇지만 당시는 더욱 가치가 높아 돈이나 다름없었다.

그 공사는 순전한 철거 공사이기에 철거한 동선은 정확하게 반납하여야 하고 그 중량이 부족하면 변상을 하여야 하기에 철거한 동선의 관리가 이 공사의 성패를 좌우하는 공사이다.

자동차가 귀한 시대였고 또 철길 옆으로는 도로도 없어 손수레로 장비와 철거한 동선을 싣고 계속 경주 쪽으로 이동하면서 하는 공사였다.

그러나 문제는 철거한 엄청난 물량의 동선을 계속 가지고 다니는 것도 불가능하지만 숙소에 와서도 그 동선을 밤새도록 지켜야 하는 것도 보통 일이 아니었다.

이러한 어려움으로 인하여 아버지는 많이 힘들어 하시고 계셨다.

"아버지, 그럼 지금까지 철거한 동선은 모두 어디에 있어요?" 하고 여쭤보았다.

"응, 그건 화물차로 지금 모두 경주역으로 보내 창고에 보관해 놨단다."

잠깐 방법을 궁리한 나는

"아버지, 현장은 아무 걱정 마시고 부산에 내려가 계세요. 제가 맡아서 해 볼게요."

다음 날, 현장에 나온 나를 철거 일을 하고 있는 전공 중 지난 대구 현장에서 나와 함께 일한 전공들이 반가워하면서 맞아 주었다.

첫날, 나는 철거 시작 현장에서부터 철길을 따라 하염없이 걷기 시작하였다.

한나절을 걸었을까?

민가하고 멀리 떨어진 곳에 외딴집 하나가 보였다.

'저기다.'라고 생각하고 나는 다시 걷기 시작하였다.

그날 나는 하루 종일 민가와 떨어져 있는 몇 채의 외딴집을 점찍어 놓았다.

내가 점찍어 놓은 집은 모두 나병 환자의 집이었다.

당시는 나병 환자 수용소인 소록도가 생기기 이전으로 여기저기 나병 환자들이 아주 외딴 곳에서 벌레만도 못 한 불쌍하고도 어려운 생활들을 하고 있을 때였다.

그때는 사람들에게 나병 환자라는 말조차 없던 시기로 그들을 '문둥이'라 하여 길에서 보기만 하면 아이들까지 돌멩이를 던지고 쫓아 버렸다. 또 '문둥이'는 병을 낫게 하기 위하여 어린아이 간을 먹어야 하기에 어린아이들을 잡아간다는 등 하여 나병 환자가 나타나면 병이 옮는다고 모두가 피하면서 그들에게 돌을 던져 쫓아내는 것이 보통이었다.

그러기에 그들은 아주 외딴곳에서 사람들의 눈을 피하여 비참하게 살아갈 수밖에 없었다.

무전여행으로 외진 시골까지 익숙한 나는 그러한 모든 것에 대하여서는 전혀 생소한 것이 아니었다.

다음 날 아침부터 나는 손수레에 인부 2명을 데리고 철거한 동선을 실어 출발하였다. 과자와 과일 등 먹을 것을 가득 사 가지고……. 인부들이

"어디로 가는데요?" 묻길래, 나는 웃으면서

"따라만 오세요." 하고 묵묵히 앞장섰다.

첫 번째의 '문둥이' 집이다.

나는 인부들에게 잠깐 있으라 하고 엉성한 문 앞에서 사람을 불렀다. 그러자 잠시 후

"누구요?" 하며 방문이 열리고 사람이 나타났는데, 코는 뭉그러져 있고 문을 잡고 있는 손가락도 몇 개는 떨어져 나간 나이조차 가늠할 수 없는 남자가 얼굴을 내민다. 나는 웃으면서

"안녕하세요, 나는 철도 공사를 하는 사람인데 집 앞에 며칠 동안만 자재를 보관하려고 부탁 좀 드리려 왔습니다." 하면서 사 가지고 온 과자와 과일 봉지를 내밀었다.

그 나병 환자는 너무나 어이가 없다는 것이 놀란 눈만 보고도 알 수 있었다. 지금껏 그들은 누구와 따뜻한 대화를 나눈 적도, 또 누가 찾아온 적도 없을 뿐 아니라 또 누구에게 무엇을 받아 본 적도 없는 사람들이었기에 그가 놀란 것은 너무도 당연한 것이었을 것이다. 잠시 멍- 한 얼굴로 나를 쳐다보더니

"그러슈, 저 앞에 쌓아 놓으시구려."

하면서 경계하면서 물은 첫마디와는 달리 온순한 목소리로 허락을 하였다.

허락을 받고 나는 인부들에게 가서 여기에 동선을 내리자고 하였더니 그들은 어떻게 '문둥이' 집에다 짐을 보관하냐고, 하지 않고 돌아가겠다고 막무가내다.

완강한 그들에게 나는 내가 여행하면서 그들과 얘기한 적도 많고 문둥병은 전염이 아니다, 만일 그렇다면 수많은 '문둥이'가 동네를 돌아다닌 것이 많은데 누구 하나 '문둥이'가 된 사람들은 없지 않느냐 하면서 설득하였고, 이곳에 물건이 차면 또 다른 '문둥이' 집을 찾아 보관하려 한다, 당신들은 이 일만 책임지고 하여라, 대신 임금을 2배 주겠다, 이건 다른 인부들에게는

말하지 마라, 이렇게 하여 그들을 설득할 수 있었으며 그들은 공사가 끝날 때까지 모두 10곳 정도의 나병 환자 집의 철거 동선의 보관과 수송 업무를 하였다.

철거한 동선을 도시나 마을에 창고를 빌려 보관하면 예전이나 지금이나 동선 자체가 돈이기 때문에 도둑들이 결사적으로 훔쳐 갈 수 있지만 나병 환자 집에는 밖에다 방치하여 놓아도 어느 누구도 얼씬을 하지 않기에 가장 안전한 보관 장소였다.

이렇게 하여 무사히 철거 공사를 멋지게 마칠 수 있었으며 나는 그 옛날 담배 피우다 들켰을 때 시원스럽게 용서하여 주신 아버지의 은혜에 다시 한번 보답할 수 있었다.

"어떻게 그런 생각을 다 하셨는지, 당신 정말 대단해요."

"대단하긴, 내가 필요에 의하여 미안하게도 그들을 이용한 것뿐인데….”

"아니에요. 사람이란 평소 그 사람들에게 대하여 혐오스럽게 생각한 사람들은 그런 생각한다는 것조차 불가능해요. 당신은 그 사람들에 대하여 혐오스럽다는 생각보다 불쌍하다는 생각이 있었기에 가능했을 거예요. 정말 따뜻한 일을 하신 거 같아요."

아이들아!

사람에게 귀하고 천한 것이란 없단다.

아무리 하찮은 사람일지라도 그들에게서 우리는 배울 수도 있고 또 때로는 도움도 받을 수 있단다.

다른 사람들이 누구를 미워한다고 너희도 따라서 그 사람을 미워하지 말아라.

남이 뭐라고 하던 너희들이 그 사람을 따뜻이 대할 때 너는 더 많은 따뜻한 사람을 얻을 수 있단다.

너와 나의 이야기
나(세상 속으로-4)

1968

진주-사천 간 자동전화 케이블 가설공사

진주-사천 간 자동전화 케이블 가설공사는 체신부 산하 시외전화건설국에서 발주한 공사였다. 통신선로에 처음으로 케이블이라는 것이 사용되는 시기이기도 하였다. 지금은 모든 케이블이 지하로 매설되지만 당시에는 전주와 전주 사이에 스트랜드 와이어라는 전주를 지탱할 때 사용하는 와이어를 먼저 가설한 뒤 그 와이어에 케이블을 묶어서 지상에 가설하였다. 그러기에 와이어와 케이블을 포설할 때는 와이어나 케이블의 끝을 로프로 묶은 다음 그 로프를 수많은 인부들이 당기면서 와이어와 케이블을 깔았다.

그런데 문제는 거의 모든 시외전화 통신선로는 도로 옆을 따라 대부분이 논 안을 가로지르고 있었다.

와이어와 케이블을 가설하기 위하여 수많은 인부들이 논 안에 들어가 줄을 당기면 논은 모두 엉망이 되기 때문이다.

더욱이 아버님이 공사를 할 당시는 논이 수확을 앞둔 가을이었기에 모든 농민들은 강하게 공사의 진행을 막고 있어 공사의 진행이 불가능하였다.

국가에서 발주한 공사는 어떠한 불가피한 상황도 인정하지 않는다.

이로 인한 공사의 지연은 시공사의 몫이다. 공사가 지연되어 공사를 기일 내에 준공을 못 하면 시공사는 지체 상환금을 물어야 하는 것은 물론, 그로 인한 추가 비용의 지출로 회사는 커다란 타격을 받는다.

아버지의 급한 연락을 받고 현장으로 내려간 나는 우선 국내에서는 초기 단계라 할 수 있는 케이블 공사에 대한 시공 관계를 파악하기 시작하며 문제를 해결하기 위한 방정식을 만들어 나갔다.

이번 공사의 x는 논의 피해를 없도록 하는 것이라는 답으로 만들고 이 x를 풀기 위하여서는 시공 방법이 y가 되어 답을 만들어야 했다.

하루를 케이블 공사에 대한 지식과 현장에 대한 관찰을 한 다음 x의 답을 구한 나는 다음 날 현장의 기술부장에게 큼직한 도르래 20개와 그보다 큰 대형 도르래 2개, 그리고 긴 로프를 준비하여 달라고 하였다.

그런 뒤 공사 현장의 마을 이장을 찾아가 지역 농민들을 모이게 하여 달라고 부탁하였다. 그날 저녁, 몇 개 마을의 많은 주민들 앞에 선 나는

"여러분, 이 공사는 국가에서 하는 공사이기에 여러분들은 공사를 막을 수가 없습니다. 하지만 나는 여러분들의 공사 진행을 방해하는 것에 대하여 여러분들의 행동을 충분히 이해할 수 있으며, 또 여러분들의 편입니다. 그래서 저는 공사상에 어려움이 있더라도 여러분들이 고생하시면서 지은 소중한 벼에 대하여 단 한 톨의 피해도 주지 않도록 공사를 할 것입니다. 이 공사는 여러분 생활의 편리를 위한 자동전화 공사입니다. 이 공사가 끝나면 여러분들의 생활상 편리는 물론, 여러분 지역의 재산적 가치도 높아질

것입니다. 많은 협조 부탁드립니다."

이렇게 어린 나는 많은 사람들 앞에 서서 강하게 호소하고 마을 이장들도 농민들을 설득하여 힘들게 농민들로부터 공사 진행 허가를 받을 수 있었다.

농민들의 공사 반대 시위를 무마시킨 나는 전공들에게 전주마다 도르래를 달고 도르래 위에 로프를 올리라고 했고, 10번째 전주 부근의 국도 가로수에 큰 도르래를 설치하게 했다. 그 다음 로프의 끝 하나를 경운기에 묶고 로프의 또 다른 끝은 도로 위에 설치한 케이블 롤러가 위치한 도로의 가로수에 설치한 큰 도르래의 케이블에 묶었다. 그런 다음 로프를 끌고 온 반대 방향으로 경운기를 서서히 움직이게 하였더니 케이블이 로프를 따라 전주 위로 올라가면서 천천히 이동하여 전주 아래 벼는 전혀 건드리지 않고 와이어와 케이블을 전주 위로 설치 할 수 있었다.

그 후 이 공법은 많은 인부들이 논에 들어가 케이블을 포설하는 것보다 훨씬 빠르고, 비용이 적게 들며, 농작물의 피해도 전혀 없어 다른 모든 현장에서도 많이 이용하였다 한다.

이렇게 하여 그 어려운 공사도 무사히 마쳐 아버지를 만족하게 하여 드릴 수 있었다.

아이들아,

어려운 일이 닥치면, 미리부터 어려워하여 포기하지 말고 그 일을
해결하기 위한 답부터 생각하여라.

그런 다음, 그 답을 가지고 방정식을 만들어 풀어 나가도록 하여라.

장성-삼척 간 자동전화 지하 케이블 관로 공사

그 후 다시 또 아버지의 부탁으로 이번에는 강원도 지역 자동전화 시설을
위한 지하 케이블을 매설하는 관로 공사 현장인 강원도 도계를 가게 되었다.

그 지역은 거의가 탄광촌으로 사람들이 몹시 거친 편이었다.

또한 작업 인부들을 구하기도 몹시 어렵기도 하였다. 그리고 겨우 구한
인부들도 매우 거칠고 제대로 말도 듣지 않아 어려움도 많았지만 당시 그
지역에 석탄 공사의 사택 건설, 그리고 상수도 공사 등이 한꺼번에 시공을
하여 일할 수 있는 사람들이 너무도 모자라 그나마 문제만을 만드는 인부
들이지만 어쩔 수 없이 상전 모시듯 쓸 수밖에 없었다.

나는 현장에 내려가 그들과 함께하면서 분통 터지는 며칠을 보낸 어느 날
저녁, 공사 기간을 많이 허비하여 좀 단축을 시켜야 하였기에 인부들에게
임금을 좀 더 줄 테니 조금 늦게까지 작업 좀 하자고 하였더니 인부 한 사람
이 작업 장비를 집어 던지면서

"야! 이 새끼야! 새파란 어린놈이……."

하더니, 주먹으로 내 얼굴을 가격하였다.

순간, 나는 머리끝까지 피가 솟구치면서 공사고 뭐고 내 눈에는 아무것도 보이지가 않았다.

나는 지금껏 살아오면서 어느 누구에게도 그런 욕을 들은 적도 없을 뿐 아니라 맞은 적도 없었다.

현장은 순간 살벌해지고 말았다.

다른 또 한 놈이 나에게 주먹을 휘둘렀다. 나는 날아오는 주먹을 피하면서 발로 그놈의 배를 걷어찬 다음, '데꼬'라고 쇠로 만든 지렛대를 집어 들었다. 그리고 그 지렛대로 달려들려는 또 한 놈을 사정없이 때리자 그놈이 "억." 하면서 쓰러졌고 나머지 놈들은 나의 살기 찬 얼굴을 보고 그대로 튀기 시작했다.

당시 인부들은 도계, 황지, 철암, 장성 등지에서 모인 사람들로서 나를 때린 놈은 도계 사람으로 나에게 달려든 놈들도 모두 한 지역 사람들이었다. 그리고 나머지 사람들도 인근 지역에 살지만 모두 한 지역이나 마찬가지이기에 서로들 잘 아는 사이들 같았다.

나는 "억." 하고 쓰러져 있는 놈의 멱살을 잡고 일으킨 다음
"야, 너 나 때린 놈 집까지 가자."
라고 하자, 안 가려고 하는 걸 다시 한번 쇠몽둥이로 내려쳤고, 할 수 없이 그놈의 집을 가르쳐 주었다.

그날 밤, 나는 그놈 집 앞에서 그놈이 나타나길 하염없이 기다렸다.

몇 시간을 기다리자 아주 늦은 밤 드디어 그놈이 보이기 시작했다.

나는 자기 집을 향해 오고 있는 그놈 앞에 섰다. 그러자 그놈은 흠칫 놀라면서

"뭐야, 임마." 하면서 험상궂게 말했다.

나는 아무 대답도 없이 100원짜리 3뭉치를 놈 앞에 집어 던지면서

"너 이 새끼! 오늘, 나한테 3만 원어치만 맞아라."

참고로 당시 금 한 돈이 2,000원이 채 안 되고 공무원 월급도 20,000원이 채 안 되었던 때였다.

그런 뒤 한마디도 안 하고 곡괭이 자루로 다리고 팔이고 어깨고 사정없이 때려 버렸다. 그놈이 쓰러지는 데 걸린 시간은 채 1분도 걸리지 않은 것 같았다.

그리고 나는 돌아왔다. 한마디의 말도 없이….

다음 날, 현장에는 그 패거리는 아무도 나오지 않았다. 숙소에 함께 있는 전공들과 몇 명의 인부들 외는….

나는 여차하면 서울에 있는 동생 놈들을 이 노가다 판으로 불러들일 생각을 하였다.

그러나 이곳에서 공사를 마치려면 어제의 일에 대한 정리는 어떻게든 하여야 한다. 그것이 정리되지 않는다면 객지인 나는 공사를 진행하기가 어려워질 수도 있을 것이다.

그렇게 생각한 나는 전공들과 몇몇 나이 든 인부들만으로 일단 현장 작업을 지시하고 이놈들이 지금까지 일한 것에 대한 임금도 받지 않았으니 지금쯤 어디에 모여 있을 것이다. 생각하고 몇 개 안 되는 읍내 다방을 찾았

다. 그러자 어느 한 다방에 모여서들 무언가 이야기들을 하고 있었다.

내가 나타나자 그들은 놀라는 표정들이었다. 그러면서 이놈, 저놈 한마디씩 하면서 분위기는 다시 어제저녁과 같은 살벌한 분위기로 변해 가고 있었다. 나는 아무런 대꾸도 하지 않다가, 그중에서 어젯밤 맞은 놈과 패거리 중 가장 입김이 센 놈을 불러 놓고

"뭐, 내가 못 올 데를 온 건 아니죠? 당신들 일한 임금도 안 받고 나오지들 않으면 어떡합니까?"

그리고 어젯밤 나에게 맞은 놈한테

"형, 나도 성질이 급하고 더러운데, 형도 성질이 꽤나 급하고 더러운 것 같소. 허나 나는 이곳이 객지인데…, 내가 성질을 죽이고 조심했어야 되는 건데 미안하게 됐소. 여기 그동안 일한 임금이니 나누어 주시고 점심 식사들 하시고 오후부터라도 나를 도와주실 분은 좀 도와주시오."

하면서, 정산한 그들의 임금을 담은 봉투와 그리고 그들이 점심을 먹을 수 있는 돈을 테이블에 올려놓고 나와 버렸다.

다음에, 여차하면 서울에서 동생들을 부를 각오를 하면서 시간을 기다렸다. 그러나 서운하게도 동생들 얼굴 볼 기회는 찾아오지 않았다.

그 뒤 그들과 나는 아주 즐겁게 공사를 마무리할 수 있었다.

*

아이들아,

사람과 부딪치는 것을 겁내지 말아라.

설사, 맞아서 죽는 한이 있더라도,

어느 한 사람에 대한 겁이 너의 가슴속에 있을 땐 그때는 너는 평생

두려움 속에서 살게 된단다.

너와 나의 이야기
나(파도 속으로)

1968

사회 첫 경험을 아버지의 공사 현장에서 시작한 나는 이 현장, 저 현장을 다니는 전공들에 의하여 나에 대한 소문은 퍼져 나갔고 그러다 보니 이 회사, 저 회사에서 어린 나에게 현장을 부탁하려는 회사들이 많아졌다.

하지만 내가 현장을 나간 것은 아버님의 부탁이기에 나갔던 것이지 어떠한 수입을 목적으로 나간 것이 아니었기에 모두 거절하였다.

그러던 언젠가 어머니를 뵈러 부산 집에 내려갔을 때 아버지를 만나러 부산 범일동에 있는 부산 철도청 앞으로 간 적이 있었다. 철도청 앞 다방에 혼자 앉아 있는데 중년의 아주 핸섬하게 생긴 신사가 내 앞에 앉으시면서

"자네가 S 사장님의 아들인 ××냐?"라고 물으시기에

"네, 그렇습니다. 그런데 무슨 일로?"라고 대답하면서 물었더니

"아 반갑구나, 나는 J 회사 P××라고 하네." 하시면서 반갑게 말씀하시면서 악수를 청하였다. 그래서 나도 얼떨결에 손을 내밀어 악수를 하면서

"네, ××입니다."라고 인사를 하니, P 사장님은

"자네 이야기 아주 많이 들어서 꼭 만나고 싶었는데 마침 자네 아버님께

서 자네가 여기 있을 거라고 하셔서서 이렇게 왔네."

P 사장님은 내 소문을 듣고 아버님께 나를 데리고 있고 싶다고 부탁을 하셨던 모양이다. 하지만 아버지로부터 내가 거절하였다는 얘기를 듣고 실망을 하셨던 모양이었다. 그런데 오늘 입찰 때문에 철도청에 들어가셨다가 아버지를 만나 얘기하던 중 내가 아버지를 만나러 이곳에 와 있다는 이야기를 들으시고 곧바로 나를 만나러 이곳에 오셨다고 한다.

나는 지난번에 아버지가 말씀하시던 분이 이분이시구나, 생각하고, 미안한 마음에

"아버님으로부터 사장님 말씀은 들었습니다. 저를 보시지도 않으시고 좋은 제안해 주셨는데 정말 죄송했습니다."

"그래 많이 서운했다네. 서울은 언제 가나?"

"아마 부산에서 좀 있을 것 같습니다."

"아, 그럼 이삼 일 안에 우리 회사 한번 들르게나."

"네, 그렇게 하겠습니다."

P 사장님은 초면인데도 서먹서먹하지 않고 왠지 기분이 좋은 분이셨다.

아버지 말씀으로는 아주 부잣집 외동아들로 돌아가신 부친으로부터 회사를 넘겨받아 운영을 하고 계시는데 우리 아버님을 많이 따르신다고 하셨다.

부산의 명문 P고등학교를 졸업하고 서울에서 H대를 졸업한 전형적인 신사로 업계에서도 아주 평판이 좋다고 하셨다.

며칠 뒤 나는 약속대로 P 사장 회사를 방문했다.

P 사장님은 나를 반갑게 맞아 주시고 사무실에서 잠깐 대화를 나눈 뒤 나

를 사무실 안채에 있는 집으로 데리고 가서 부인도 소개하여 주셨다.

부인은 부산의 N여고를 졸업한 활달한 성격에 미모를 갖춘 분이셨다. 슬하에 1남 3녀의 비교적 많은 자녀들이 있었는데도 나이에 비하여 훨씬 젊어 보였다.

P 사장님은 외동아들로서 삼대독자셨다. 그래서 지금의 부인과 일찍 결혼하셨는데 계속 딸만 셋을 낳다 보니 부인이 마음고생을 많이 하셨는데 네 번째 아이가 아들이어서 이제는 마음이 편하여 지셨다고 하셨다.

그날 P 사장님과 부인, 그리고 나, 이렇게 세 사람은 서로 재미있게 많은 얘기를 나눈 뒤 P 사장님이 "우리 의형제를 맺는 게 어떠냐?"라고 제안하시기에 지난번에 P 사장님의 제안을 거절한 일도 있고 하여 더 이상 거절할 수가 없기에 승낙을 하게 되었다.

형님이 나를 동생으로 하겠다고 하니 부인도 웃으면서 내가 동생으로 삼으려 했는데 당신이 동생으로 삼으면 나는 형수가 되는 것 아니냐? 그러자 형님은 그러면 당신도 동생으로 하면 되지 않느냐 그래서 나는 졸지에 형님과 누님이 생기게 되었다.

그 뒤, 나는 자주 형님 댁에 가게 되었고 어린아이들도 자연스레 삼촌이라 하면서 따르고 한 가족이 되어 가고 있었다.

형님은 피아노로 팝송 연주를 하여 나에게 들려주시곤 하였다. 예스터데이, 낙엽, 투영 등의 팝송 연주 실력은 정말 일품이었다.

바람에, 나도 예스터데이 정도는 형님에게 배워 익숙하게 칠 수 있었다.

형님 집에는 형님 친구, 누님 친구, 항상 손님이 그치지 않았다.

그래서 나도 자연스레 형님 친구나 누님 친구들과 친해지게 되었으며 포커, 마작 등 잡기도 함께 밤을 새워 가며 하기도 하였다.

　또, 당시만 하여도 바다의 밤낚시는 장비, 비용 등으로 주로 부자들이 하는 낚시로 나는 형님 덕분에 바다의 밤낚시를 자주 따라가곤 하였다.

　때문에 나는 자연스럽게 부산에 자주 오게 되었고 형님의 회사 일도 가끔은 도와드릴 수가 있었다. 당시 나의 작품으로는 신라 왕관 형태로 디자인하여 하나하나 손으로 제작한 경주역의 조명등, 해운대 동백섬의 순환도로가 있다. 그리고 충무동 쪽의 옛 광명극장을 국도극장으로 신축하면서 당시는 국내 최초의 회전무대와 엘리베이터 무대를 설계 시공하는 등 어떠한 작품성을 요구하는 공사만을 배우면서 또 연구하여 직접 제작, 시공하였다.

　이렇게 나에게는 전공 분야라는 것이 없었다.

　새로운 것이라면 무조건 나에게는 전공 분야이고, 새로운 것이라면 나에게는 모두 승부의 대상이었다. 모르는 것을 배우고 익혀 가면서 멋지게 완성시켜 나가는 것은 나에게는 승부 세계의 승자와 같은 쾌감을 준다.

　그리고 그때까지 나에겐 실패라는 것이 없었다.

　형님과 누님 두 분과 나 우리 셋은 모두 공통된 것이 있었다.

　세 명 다 아주 애연가로서 모두 담배 골초들이었고 그리고 모두들 커피를 무척 즐겼다.

　당시 누님은 집에 일제 커피를 항상 여유 있게 준비하여 두고 커피를 마셨다.

내가 군대 가기 전 해이니 1968년 12월 9일 날이었다.

형님의 P고등학교 동창 7명과 나, 이렇게 8명이 울산 인근인 정자라는 곳으로 바다낚시를 가게 되었다.

통행금지 시간이 끝난 새벽 4시경, 부산진역 앞에서 마이크로버스를 대절하여 정자로 출발하여 낚시꾼들이 이름 지은 '콰이캉'의 다리를 지나 아침결에 정자 해변에 도착하였다.

그곳에서 다시 배를 빌려서 해변에서 약 1㎞ 떨어진 작은 섬에 도착하여 언제까지 다시 오라고 하여 배를 보내고 우리는 섬에서 따끈한 커피를 한 잔씩 마시고 각자 낚시할 위치를 잡아 낚시할 채비를 하기 시작하였다.

그런데 그때부터 날씨가 나빠지기 시작했다.

바람이 불기 시작하더니 점점 세차지기 시작했다. 파도는 처음에는 작은 섬을 때리기 시작하더니 시간이 조금 지나자 조그만 섬을 집어삼킬 듯이 섬 위를 넘고 있었다.

고가의 낚시 장비는 파도에 휩쓸려 가 버리고 우리 일행은 파도에 휩쓸리지 않으려고 잡을 수 있는 바위를 찾아 결사적으로 잡고 있을 수밖에 없었다.

우리는 멀리 해변가에 있는 사람들에게 배를 보내라고 손짓을 하여 보지만 손짓으로 안 된다는 신호만 보낼 뿐이었다.

이대로 우리가 버틸 수 있는 시간은 점점 순간으로 가까워지고 있었다.

선택의 여지가 없다.

가장 젊은 사람은 나다.

나는 차디찬 겨울 바닷속으로 뛰어들었다.

혼신의 힘을 다하여 수영은 하지만 해변가로 어느 정도 다가갔다고 생각하면 해변가에 부딪쳤다가 다시 바다 쪽으로 되돌아 나오는 파도에 휩쓸려 내 몸도 바다 쪽으로 휩쓸려 나가고 하기를 수없이 하는 와중에 내 몸은 점점 탈진해 가고 있었다.

이제는 기적의 힘밖에 바랄 것이 없었다.

나는 해변가로 달려가는 파도에 몸을 맡기고 해변가로 나아가다가 파도가 해변가에 부딪혀 반대로 나오는 순간, 몸을 물속 깊이 넣고 결사적으로 해변가로 나아가기 시작했다.

그러다 다시 파도가 해변으로 향해 올 때 다시 몸을 올려서 해변가로 향하고 하여 드디어 해변에 발을 밟을 수 있었다. 그런 뒤 로프로 단단히 묶어져 있는 배 한 척을 힘들게 풀고 삿대로 해변가를 빠져나오려는 순간 주민들이 달려 나와 배가 부서진다고 나가지 못하게 하기에

"야, 이 사람들아! 배가 문제냐! 저기 사람들이 죽어 가고 있다."라고 고함을 치면서, 삿대를 휘둘러 사람들을 물러나게 하고 삿대로 있는 힘을 다하여 바닥을 눌러 배를 바다로 올려놓은 다음 노를 잡고 결사적으로 노를 젓기 시작했다. 하지만 노의 효과는 전혀 없었다.

지금 필요한 것은 오직 기적뿐이다.

작고 작은 배는 거친 파도에 따라 올라갔다, 내려갔다, 이리저리 흐르고 있었다.

배를 움직이고 있는 것은 난폭한 자연이었고 희망은 마음의 노와 어디 끝까지 해보자 하는 나의 의지였다.

사투와 의지는 기적을 만들었다. 작은 배는 힘겹게 섬에 도달할 수가 있었다.

형님과 동창들은 지칠 대로 지쳐 있었다. 배가 섬에 도착은 했지만 어느 곳이고 정박할 수 있는 곳은 없었다. 할 수 없이 배가 파도의 힘으로 섬에 가까이 가면 한 사람이 뛰어서 배에 올라타고 또 떨어졌다가 섬 가까이 가면

또 한 사람이 배에 올라타고 하여 사투 끝에 모두가 배에 올라탈 수 있었다.

이제는 이 배가 해변에 도착하는 길만이 남아 있다.

그때, 파도가 점차 잦아들고 있었다.

그리고 모두의 힘으로 배는 드디어 해변에 도착할 수가 있었고 그런 뒤 나는 정신을 잃고 말았다.

내가 눈을 뜨고 정신을 차렸을 때 나는 허름한 어느 작은 방 따뜻한 아랫목에 누워 있었다.

제일 먼저 형님의 얼굴이 시야에 들어왔다.

"이제 정신이 들었니?"

"형님, 여기가 어딥니까?"

"응, 해변에 있는 민가야."

"형님, 저 커피 한 잔 마실 수 있을까요?"

"너, 커피 달라는 걸 보니 살긴 살았구나. 잠깐 기다려라."

잠시 후, 형님이 커피 한 잔을 가지고 오셨다.

맛있었다.

내가 마신 커피 중 가장 맛있는 '최고의 커피'였다.

당시 시간이 오후 3시경!

오전 10시경부터 시작했으니 차가운 겨울 바다와 벌인 5시간 동안의 사투가 맛있는 커피 한 잔으로 녹아 가고 있었다.

"모든 분들이 그날은 잊지 못하실 것 같네요."

"그 뒤에 나는 그 학교의 명예 졸업생이 되었어. 서울에서 재경 동창회가 열리면 형님이 항상 나를 데리고 가셨지. 당시 재경 동창회는 항상 그 학교 출신이 운영하던 무교동의 '오류도'라는 고깃집에서 열렸는데 그곳에 가서 당시 분들을 만나면 모두들 나를 반가워해 주셨지."

"어떻게 그렇게 위험하게만 사셨어요?"

"흐흐흐, 뭐가? 그게 사는 거 아닌가? 여하튼 그날 따뜻한 아랫목에서 마신 커피 맛은 정말 잊지 못할 맛이었지. 다시 한번 겨울 바다에 뛰어들면 그 커피 또 한 번 마실 수 있을까?"

"뭐예요…? 호호호."

아이들아,

어떤 위기 상황이 닥치면,

판단과 행동은 순간적으로 하여라.

주저한다면 판단의 의미가 없단다.

판단하였을 때, 최악이 결정되었으면 그다음은 그 최악의 상황을 극복하기 위한 행동을 함에 있어 절대 두려워하거나 주저하지 말아라.

싹트는 서울 연가

1971

우리는 이제는 일주일에 한 번 정도의 데이트를 즐겼다.

데이트라고는 하지만 부대에서 나와서 고작 두어 시간이 전부였다. 부대에서 우리 작전과장님 퇴근하시면 나도 위병장교에게 "잠깐 나갔다 오겠습니다." 하고 밖으로 나온다. 하지만 까탈스러운 위병장교일 때는 이것저것 물어보는 것에 대한 답을 하기 싫어서 아예 나오질 않는다.

부대에서 정식 외출은 평일 외박은 오후에 나가서 다음 날 아침 8시까지 귀대하여야 한다.

그리고 주일 외박은 화요일 오후에 나가서 수요일 저녁 8시까지 귀대하여야 한다. 우리 부대는 수요일이 휴일 날이다. 사병은 휴일이라고 평일과 다른 건 없지만……

그리고 외박은 몇 달에 한 번씩밖에 나갈 수가 없다.

나에게 평일 외박은 의미가 없다. 외출 나가서 다음 날 아침 일찍 귀대하는 것이 귀찮아서 아예 밤에 들어와 버린다. 그러기에 매일 저녁때 밖에 나가서 몇 시간 시내를 돌다 들어오는 것과 외박이나 다를 것이 없다. 그렇게 편법으로 외출을 할 수 있는 것은 우리 부대에서 오직 나 한 사람뿐이었다.

그러기에 그녀와 비록 언제나 짧은 만남이지만 자주 데이트를 할 수 있었다.

　그녀의 음악에 대한 취향은 나하고 같았다.
　우리는 동요에서부터 클래식까지 모든 음악을 좋아했다.
　우리가 가는 곳은 주로 부대에서 가까운 종로 쪽이었다.
　광화문 명다방부터 지금 교보빌딩 자리에 있던 금란 그리고 종로 쪽의 허허, 장안, YMCA 지하, 그리고 종로3가의 엘파소, 거의 이런 음악다방에서 시간을 보내고 삼청동 집까지 바래다주고, 이것이 우리의 데이트 기본 스케줄이었다.

　가끔은 무교동 쪽이나 명동 쪽으로 가기도 하지만 그쪽으로 가면 동생 놈들이 많아 잘 가지를 않았다.
　그녀와 함께 있다가 동생들이라도 만나면 그녀가 공연히 이상한 오해라도 할까 봐 그런 것도 있지만 아직까지는 내 주위에 그녀의 존재를 알리고 싶지가 않았다.

　언젠가 주일 외박을 나간 날이었다.
　그날 주일 외박은 예정에 있던 것이 아니고 갑자기 편법 외출이 아닌 편하게 외출하고 싶어 나온 주일 외박이었다.
　매일 저녁에만 나오다 낮에 나오니 이상했다.
　그녀와 약속이 안 되어 있었기에 나는 부대를 나와 천천히 경복궁과 중앙청 담을 따라 걸어서 광화문 쪽으로 나갔다.
　매서운 겨울 날씨에 하늘은 잔뜩 흐려 있었다.

오랜만에 내가 명다방으로 들어가니 아가씨들이 반갑게 맞는다.

다방에 들어가 그녀에게 전화를 하니 받지를 않는다. 외출을 한 모양이다.

한 두어 시간 담배와 음악으로 시간을 보낸 나는 다시 전화를 하여 보았다.

그녀는 내가 저녁에 나오면 집으로 전화를 하기에 저녁에는 항상 집에 들어와 있는다.

몇 번 신호가 가자 그녀가 전화를 받는다. 내 목소리를 들은 그녀는 약간 놀라는 목소리로

"어머, 웬일이에요, 이 시간에?"

"응, 나 오늘은 탈영 안 하구 외박 나왔어."

"어머! 정말이에요? 지금 어디예요?"

"명다방에 있어."

"나, 지금 바로 갈게요."

그녀는 전화를 끊고 얼마 되지 않아 다방 문을 열고 들어왔다. 그녀는 나를 발견하고 내 앞에 앉으면서 놀라는 표정으로

"와- 멋있어요!"

그러고 보니 그녀가 나의 동정복을 입은 것을 보는 것은 처음이다.

참고로 우리 부대는 외박을 나갈 때는 동정복을 입어야 한다. 말하자면 정복인 셈이다. 외박 신고 시엔 먼저 복장 검사를 한다. 옷은 주름이 칼같이 세워져 있어야 하며 군화는 파리가 앉으면 미끄러워질 정도로 반짝반짝하여야 한다.

나는 저녁 외출 시 그냥 일반 군복 차림으로 나온다. 그러니 그녀는 동정복을 입은 내 모습은 처음 보는 것이다.

"멋있긴…! 나 지금 답답해 미치겠어!"

더욱이 우리는 동정복에 하늘색의 목 커버를 착용하기에 더욱 답답하였다.

"아니, 정말 근사해요."

그녀는 내 새로운 모습과 처음 맞는 나의 외박이 마냥 즐거운 모양이다.

"나, 사실 부산에서 엄마 만나기로 하였어요."

그녀는 부산에 갈 때는 고속버스보다는 야간 급행열차를 많이 이용한다. 저녁때 나오는 나를 만나고 헤어져서도 부산행 열차를 탈 수 있기에 좋고 또 타 보니 밤에 조용히 책을 보면서 가는 것도 좋다고 한다.

"그럼 나중에 가도록 해. 내가 역까지 배웅해 줄게."

"안 돼요. 모처럼 나온 외박인데. 그리구 시간에 쫓기지 않구…."

우리는 음악을 듣고, 재미있는 대화도 나누고 하다가 밖으로 나왔다. 밖에는 찌푸렸던 하늘에서 드디어 눈발이 날리고 있었다.

"어머, 눈이 와요."

그녀는 모든 것이 마냥 좋은 모양이다.

나오자마자 내 팔을 낀다.

항상 밤에만 팔짱을 끼다가 이렇게 아직도 훤한데 군바리가 여자와 팔짱을 끼고 간다는 것이 나는 좀 쑥스러운데…….

우리는 세모를 앞둔 연말의 서울의 심장을 걷고 있었다.

눈 오는 연말, 서울의 한복판은 사람들로 붐비고 있었다.

"배 안 고파?"

"아—니!" 그녀는 도리질하면서 웃는다.

"왜, 배고픈 모양이죠?"

"응, 아직은 괜찮아. 오늘 내가 맛있는 거 사 주려구…."

"호호, 기대가 되는데요."

"웅, 기대해도 괜찮아. 오늘 스케줄은 무조건 내 말을 듣는 거야! 알았지?"

"헉, 협박?"

"웅."

그녀는 재미있다는 듯한 표정을 지으며 팔짱 낀 팔에 더욱 힘을 준다.

나는 그녀를 데리고 무교동에 있는 낙지집인 유정으로 갔다.

유정 낙지집은 우리 작전과의 단골 회식 집이다.

이곳의 낙지볶음과 막걸리는 일품이어서 인기가 많은 음식이었다.

식당 안은 많은 손님으로 붐볐으나 안면이 많은 종업원이 반갑게 맞으며 우리에게 안쪽에 둘이 오붓하게 있을 수 있는 자리를 마련해 주었다. 그녀는 이런 곳은 처음인 듯 신기한지 여기저기를 둘러본다.

"와- 손님들이 이렇게 많은 걸 보니 꽤 유명한 집인 것 같네요."

"그럼, 이 집 무교동에선 알아주는 집이야."

"내가 알아서 시킬게."

"네."

나는 낙지와 막걸리를 시켰다.

"술 드시게요?"

"왜, 안 돼?"

"아뇨, 한 번도 술 마시는 걸 보지 않아서 술은 안 드시는 줄 알았어요."

술과 음식이 나오자 그녀는 낙지볶음 등 음식이 정말 맛있다고 하면서도 술은 마시지 않았다. 우리는 즐겁고 맛있게 저녁 식사를 마치고 눈이 펑펑 쏟아지는 거리로 나왔다.

"이제 다음 스케줄은 어디예요?"

"왜, 궁금해?"

"네, 아무래도 협박성 스케줄이. 호호호, 그냥 우리 이렇게 밤새도록 눈 속을 걷는 게 어때요?"

우리는 눈을 맞으면서 인파가 가득한 종로 길을 거쳐 청계천으로 나가 센트럴 호텔로 갔다.

당시 센트럴 호텔은 신축한 지 몇 년 되지 않는 깨끗한 호텔로 나이트클럽이 특히 유명하였다.

나는 그녀와 함께 나이트클럽으로 올라갔다.

당시 나이트클럽은 군인의 출입을 금지하는 것으로 알고 있다.

그러나 수경사 군복을 입은 나를 종업원들은 막지 않았다. 가끔 수경사 5대대 헌병들이 근무 차원에서 오는 모양이었다.

내가 입구에 있는 종업원에게 ×× 좀 불러 달라고 부탁하자 잠시 후 그가 왔다. 30대 초반쯤 되어 보이는 웨이터였다. 군복을 입은 나를 보자 그가 반갑게

"안녕하세요? YY 씨 형님 되시죠? 말씀 많이 들었습니다."

"그래, 나 조용한 자리 좀 부탁할게!"

웨이터는 우리를 조용한 자리로 안내했다.

"필요한 것이 있으시면 말씀하세요."

"우선 마실 것과 안주는 알아서 좀 갖다주게."

웨이터가 가고 우리는 자리에 앉았다.

나는 며칠 전 오늘 주일 외박을 보내기 위하여 을지로와 청계천 쪽에서 생활하는 Y를 불러

"야, Y야. 나 며칠 있으면 외박인데 어디 좋은 데 좀 없겠니?"

라고 물었다.

Y는 나의 체육관 후배로 나이는 나보다 위인 것으로 알고 있다. 그러나 내가 그 친구의 유단자 사범이었고 또 무교동이나, 명동 쪽의 체육관 동생들로부터도 내 이야기를 많이 들었기에 나한테는 깍듯이 잘하였다.

"형님, 군인들 제일 좋아하는 데가 종3인데, 내가 확실하게 준비해 놓겠습니다."

"미친놈."

"야, 임마! 그런 곳 말고!"

Y는 잠깐 생각하더니

"형님, 좋은 곳 있습니다."

"어디?"

"청계천 센트럴 호텔 나이트클럽은 어때요?"

나는 잠깐 생각하다가, 그녀를 데리고 가면 재미있을 것 같아서

"응 거기는 괜찮을 것 같다."

"그럼 형님 외박 나오는 날 제가 거기 가 있을게요."

"아니 그러지 말고 내 주머니가 어찌 될지 모르니 얘기나 좀 해 놔."

그 친구는 잠깐 생각하더니

"가셔서 ×× 웨이터를 불러 달라고 하셔서 내 얘기를 하세요."

"알았다, 그리고 아무에게도 얘기하지 말아라."

"알았습니다."

이렇게 해서 이곳에 오게 된 것이었다.

그녀는 이런 곳은 처음인지 들어오면서부터 계속 두리번거리다 클럽 안에 들어가자 요란한 음악 소리에 완전히 놀란 표정이다.

분위기와 자리에 조금 익숙해지자, 그녀가 계속 무엇인가 못마땅해하는 표정이더니 정색을 하며

"그런데 왜 종업원한테 반말을 하세요? 나이도 훨씬 많으신 분 같은데."

나는 그녀의 질문에 조금은 당황하면서

"아 큰일이야, 습관이 돼서."

"무슨 얘기예요? 습관이라니, 안 돼요. 아무리 종업원과 손님 관계라 해도 기본은 지켜야 해요."

난 뒤통수를 한 대 얻어맞은 기분이었다.

"내가 잘못했어, 이제부터 고치려 노력할게."

"다방에서도 그렇고, 아까 식당에서도 종업원들에게 반말만 하던데 이제부터라도 제발 고쳐 줘요."

"알았어, 이제부터 틀림없이 고치도록 할게. 이제 그만 화 풀어!"

"정말이죠?"

"그래, 난 한번 한다면 하는 사람이야. 걱정 안 해도 돼!"

그제야 그녀의 얼굴이 밝아지기 시작했다.

종업원이 맥주와 이것저것 많은 안주를 가지고 왔다. 그러면서, 당시는 팔지도 않는 귀한 양담배인 켄트를 1갑을 주면서

"필요하신 것 있으시면 말씀하세요."

나는 대답 대신 웃으면서 고개를 끄떡였다.

그것을 보고 있던 그녀는 살짝 미소를 지으면서

"왜 대답은 안 해요?"

나도 웃으면서

"웃으면서 고개로 대답하는 것도 반말에 속하니?"

하니, 그녀는 내 말이 재미있는지 환하게 웃는다.

실내는 밴드의 음악 소리가 요란했다.

거의가 그녀와 나한테도 귀에 익은 팝들이다. 나는 야전잠바와 동정복 상의를 벗어 의자에 놓고 그녀에게

"어때, 이 정도면 군인 티 안 나겠지?"

"정말! 왜 플로어에 나가시려구요?"

"그럼, 나가야지."

"춤 잘 추는 모양이죠?"

"물론."

나는 맥주를 따라서 그녀에게 먼저 잔을 주고 내 잔에도 따라서 그녀에게 건배하면서 잔을 내밀자 그녀도 잔을 들어 건배를 했다. 그러면서

"나도 마셔야 되는 거예요?"

그녀는 지금껏 한 번도 술을 마신 적이 없다고 하였다.

"그거 한 잔만 마셔 봐."

"이곳에는 자주 오나 보죠?"

"얼마 전 부대원들과 한 번 와 본 적이 있어. 그리고 이 호텔은 내가 군대 오던 해에 문을 열었어. 그래서 올 기회가 없었지."

그녀는 술잔을 입에 댔다가 약간 들이키고 잔을 놓는다. 그리고 내 빈 잔

을 보고 술병을 들고 두 손으로 술을 내 잔에 따른다.

"이렇게 따르면 되는 거예요?"

나는 웃으면서

"아주 잘 따르는데, 흘리지도 않고. 많이 해 본 솜씨야….."

그러자, 또 재미있다고 웃는다. 이렇게 우리는 테이블에 앉아 있으면서 재미있게 이야기를 나누다가, 내가

"우리 나가자."

하면서 그녀의 팔을 잡아끌었다.

"아- 안 돼요."

"안 되긴? 나만 따라서 하면 돼."

나는 싫다는 그녀를 억지로 플로어로 끌고 나갔다. 실내에는 블루스곡이 흘러나오고 있었다. 나는 그녀를 꼭 끌어안고 할 줄도 모르는 스텝을 밟기 시작했다. 나는 그녀의 귀에다 대고

"나도 사실 처음이야."

하면서 웃었더니

"지난번에 왔었다면서요?"

"그때는 군바리끼리 왔기에 여기 올라와 보지도 못했거든."

"왜 군인끼리 안고 추어 보지 그랬어요!"

"정말, 그래 볼 걸 그랬나?"

그녀는 웃으면서 조명과 음악이 그녀를 대담하게 만드는지 더욱 가깝게 안겨 왔다. 이렇게 우리는 즐거운 첫 경험을 할 수가 있었다.

나는 보조에게 웨이터를 불러 달라고 하였다.

잠시 후 나타난 웨이터에게

"여기 계산서 좀 갖다주시죠."

하였더니

"아니 하지 않으셔도 됩니다."

"아닙니다, 바가지만 씌우지 말고 가져오세요. 아 그리고 '키'도 하나 갖다주세요."

"알겠습니다."

"아 트윈입니다."

"네."

대답을 하고 웨이터는 갔다. 나는

"잘했어요?"

"네, 잘하셨어요. 그렇게 존댓말을 하시니깐 그분도 좋아하시잖아요. 한데, '키'를 갖다 달라는 것은 뭐예요?"

"응, 룸을 하나 잡아 달라고."

"네? 여기서 자려구요?"

"응, 같이 있기 싫으면 가도 좋아. 난 어차피 외박이니 어디서든 자야 되잖아."

"그럼, 삼청동에 가서 같이 있으면 안 되나요?"

"아무 일 없을 테니 어디서든 나와 데이트하고 있다고 생각하면 안 돼?"

그녀는 아무 말이 없다.

잠시 후 웨이터가 계산서와 또 담배 두 갑과 룸 키를 가지고 왔다. 계산서를 본 나는

"계산서가 왜 이래요? 안주만 해도 4갠데."

웨이터는 웃으면서

"기본만 주시면 됩니다. 룸은 DC한 금액입니다."

나는 계산서 금액과 Room Charge를 계산한 다음 별도로 얼마를 더 주었다.

"이것은 봉사료입니다."

"감사합니다. 다음에 꼭 다시 오십시오."

하면서, 자기의 명함을 준다.

"아닙니다. 내가 오늘 대접을 잘 받고 갑니다. 고맙습니다."

우리는 나이트클럽을 나와 룸으로 올라갔다.

그녀는 굳은 얼굴로 내 뒤를 따라오더니 룸 앞에 오자 고개만 푹 숙이고 있다.

나는 문을 열고 그녀의 손을 잡고 안으로 들어갔다. 나는 떨고 있는 그녀를 살며시 안아 주었다.

"괜찮아! 나 믿고 있는 만큼 나도 그렇게 행동할 거야. 그냥 다르게 생각지 말고 우리 둘만이 있는 조용한 곳에서 데이트를 한다고 생각해."

그러자 내 품에 안겨 있다가 얼굴을 들더니

"저—"

하면서 한참 망설이더니

"×× 씨가 저한테 무슨 행동을 하던지 저는 좋아요. 이미 저는 마음의 준비가 다 되어 있어요. 하지만 이런 곳은 아닌 거 같아요."

나는 다시 한번 그녀를 꼭 안아 준 다음, 미소로 답을 대신해 주고

"자 우리 커피 한 잔 마시면서 즐거운 얘기나 하자구…. 나한테는 할 얘기가 너무 많다면서."

나는 룸서비스에 커피 2잔을 시키고 그녀와 나란히 앉았다. 이렇게 우리는 즐거운 이야기로 그녀와의 첫 밤을 보낼 수 있었다.

다음 날 아침, 우리는 늦은 아침을 룸서비스를 통하여 룸에서 먹고 난 다음 호텔을 나왔다. 밝은 얼굴의 그녀가

"이제 다음 스케줄은 어디예요?"

나도 웃으며

"그냥 따라만 오시죠!"

우리는 호텔을 나와 을지로 통을 지나 중앙극장 뒷골목으로 들어갔다. 그녀가

"와 명동으로 가는 것이군요."

하면서 신나 하고 있다. 나는 중앙극장 뒷골목을 나와 곧바로 명동성당 쪽으로 올라갔다. 성모병원 앞을 지나 성당 계단을 하나하나 밟고 올라가니 그녀도 숙연하게 따라오고 있다. 그 모습에

"여기 가는 게 싫어?"

물으니 고개를 젓는다. 성당에 올라가니 그녀는 성모상 앞에 가서 성호를 긋더니 기도를 하기 시작한다. 나는 조금은 놀라서 가만히 그녀가 기도하는 모습만 쳐다보고 있었다. 기도를 마친 그녀가 일어나더니 내 앞에 와서 내 손을 잡는다.

"고마워요, 여기 데리고 와서."

"성당 다니니?"

그녀가 고개를 끄떡였다. 그래서 나도 뜻밖의 일에 놀라면서도

"우리 인사 다시 하자. 난 '알로이시오'."

하자 그녀도 놀란 듯이

"그럼 ×× 씨도 교우예요? 와— 난 '세실리아'예요."

그녀는 아주 기쁜 듯이 내 팔목을 잡고 깡충깡충 뛴다.

"그런데 아까 성당에 올라올 때, 왜 표정이 그랬니? 난 내가 이곳에 잘못 왔나 하고 후회했지."

"아니에요. 내가 지금 냉담 중이라서 성당에 오니 마음이 너무 무거워져서요."

"나도 지금 냉담 중이야."

"정말 너무 좋아요, ×× 씨. 제대하면 같이 성당에 갈 수 있겠네요."

"엄마 하고 있을 땐 엄마 따라 함께 다녔는데 서울에 와서는 혼자 다니기가 힘들었어요."

"이곳 명동성당에 오면 쉽게 다닐 수 있을 거야. 내가 이곳에서 좋은 분들도 소개시켜 줄게."

그녀는 궁금한 듯

"누군데요?"

나는 빙긋이 웃으면서

"그것도 따라와 보면 알아."

우리는 명동성당을 산책하다가, 점심을 먹으러 갔다.

나는 성당을 나와 명동에서 충무로 쪽으로 빠지는 첫 길로 들어가 다시 허름한 식당들이 꽉 찬 골목으로 들어갔다.

그리고 그중에서도 가장 허름하게 보이는 국밥집으로 들어갔다. 점심 식사 때가 되어서 좁은 식당 안은 손님으로 꽉 차 있었다. 나는 식당이 한가해지면 다시 오려고

"우리 나가서 차 한잔하고 다시 오자. 지금 손님들이 너무 많다."

그래서 나가려 하는데

"야, 너 ×× 아니냐?"

나는 그 사람들 많은 데서 큰 소리로 말씀하시는 할머니의 목소리를 듣고

"할머니, 안녕하세요?"

할머니는 무척 반가워하시면서

"야, 이놈아, 그런데 이 할미도 안 보고 나가려 해? 죽일 놈 같으니…."

할머니는 손님들이 있건 없건 아랑곳하지 않으시고 내 팔을 잡고 식당 안 조그마한 방으로 우리를 데리고 가셨다.

"앉아라, 이놈. 너 얼마 만이냐? 이 할미 잊어버리려 하니? 각시도 앉으시구려…."

그녀는 갑자기 당한 상황에 어이가 없음에도 너무도 푸근한 분위기에 웃음을 감추지 않고 할머니께 인사를 하였다.

"안녕하세요?"

할머니는 그녀를 빤히 쳐다보시더니

"어찌 이리 곱게 생겼니? 야 ××야, 정말 너하고 천생연분이구나."

"할머니, 식당에 손님들이 많은데, 괜히 저 때문에."

"야, 이 녀석아 아무 걱정 하지 마. 손님보다 우리 손자가 더 귀하지. 배고프지? 자~~~ 이 할미가 맛있게 차려다 줄 테니 조금만 기다려라."

하시고 밖으로 나가셨다. 멍해 있던 그녀가

"정말 할머니세요?"

내가 웃으면서

"응."

하고 대답하였더니

"아니에요."

하면서 그녀가 고개를 살래살래 흔들면서 말했다.

*

내가 18살 때 일이었다.

중학교를 졸업하고 이리저리 낭인 생활을 할 때, 주로 내 고향이기도 한 명동 쪽에서 생활을 많이 했다. 운동이 끝나면 여기서부터 충무로, 그리고 그 당시만 해도 하나뿐인 남산에 어린이 놀이터와 국립 도서관 이렇게 나의 동선은 정해져 있었다.

식사는 거의 사 먹기 때문에 이 지역의 거의 모든 식당은 모르는 곳이 없었다.

여기 할머니 국밥집은 명동에서 가장 오래되고 유명한 집으로 할머니는 좀 무뚝뚝하고 성격이 괴팍하지만 나에게는 항상 잘해 주셨다.

그러던 어느 날, 늦게 저녁을 먹으러 할머니 집을 찾았는데 지역 깡패들이 술을 마시다 할머니 식당에서 행패를 부리기 시작했다. 그래서 그것을 보다가 참지 못한 나는 그들과 한판을 벌이게 되었다. 아무리 숫자가 많다고는 하지만 상대가 강하다고 판단하면 그중에 몇몇은 아예 전의를 상실하고 덤비지도 못하는 것이 이런 놈들이기도 하다. 그리고 술에 취해 있는 그들은 나의 상대가 되질 않는다.

다섯 놈 모두 꿇어앉히고 할머니께 사과를 하게 한 후 돌려보냈다.

할머니는 고마워하면서도 식당과 나에 대한 후환이 두려우셨다. 나는 할머니께 걱정하지 마시라고 하고 며칠 동안 그곳에 가서 식사를 하였다.

그러던 어느 날, 일곱 명이나 되는 놈들이 식당으로 들어왔다.

분위기가 살벌해졌다.

한 놈이 테이블을 밀어내었다.

이놈 저놈 모두 한마디씩 갖은 협박의 말들을 하고 있었다. 가만히 듣고 있던 내가 한마디 했다.

"야, 이 새끼들아! 이게 무슨 창피한 짓들이야. 나는 네놈들하고 싸워서 깨져도 잃을 게 없어. 하지만 네놈들은 어린 나에게 이겨도 얻는 게 하나도 없어. 만약에 깨진다면 망신스러워서 네놈들은 모두 한강에 뛰어들어야 할 거야. 자 그럼 어디 한번 해볼까?"

하면서 나는 상의를 벗어 던졌다.

그때 또 다른 2명이 몽둥이를 들고 들어왔다.

"어떤 새끼야!"

이때, 그중 한 명이

"어, 사범님 아니세요?"

이미 어린 사범에 대한 소문은 아는 사람은 알고 있었다.

나를 아는 사람이건 모르는 사람이건 자기들 마음대로 별별 수식어를 만들어 가면서 돌아다니고 있었다.

그것으로 그날의 상황은 끝이었다.

이렇게 해서 할머니는 나를 정말 친손자 이상으로 아껴 주셨고 그 이후로 할머니 식당은 그 누구도 함부로 대하지 못하였다.

*

얘기가 끝나자, 그녀가 울상을 지으면서

"아무래도……, 나 ×× 씨 무서워서 어떡해요?"

"그럼 지금이라도 무를까?"

그러자

"어제 같이 밤을 지냈는데 어떻게 물러요. 내 팔자가 그런걸."

"팔자…? 할머니 집에 오니깐, 그런 말도 입에서 나올 줄 아네."

우리가 재미있게 얘기하며 웃고 있을 때, 종업원이 푸짐한 밥상을 들고 왔다.

손님들에게 파는 식사가 아니라, 특별히 만든 밥상이었다.

할머니는 그녀가 마음에 드는지 왔다 갔다 하시면서 챙겨 주시느라 난리다.

이렇게 하면서 우리는 아름다운 서울의 연가를 만들어 나가고 있었다.

사랑의 찬가

1972

서울 시내의 기온보다 4-5도는 낮은 북악산 자락의 우리 부대는 그 혹독한 추위와 훈련 그리고 기합 속에서도 시간은 흘러 경복궁의 나무들도 이제는 제법 푸릇푸릇한 색을 띠기 시작했다.

그녀와 나도 시간이 흐를수록 서로 간의 마음이 이제는 사랑으로 만들어져 색깔이 점점 푸르게 짙어지고 있었다.

우리가 만나는 곳도 이제는 종로보다 무교동이나 명동 쪽으로 바뀌고 있었다. 그리고 다방보다는 무교동의 세시봉이나 명동의 쉘브루, 그리고 충무로의 바로크 등의 음악 감상실에 가서 음악을 들을 때가 많았다.

그녀는 내가 자기와 같은 교우라는 것을 알고 난 뒤부터는 명동성당에 가는 걸 좋아했고 일요일에는 혼자 주일미사를 보고 명동의 할머니에게 가서 할머니와 재미있게 서로 이야기도 한다고 하였다.

그러면서 서로들 나의 흉도 많이 보면서…….

그러던 따뜻한 봄 어느 날, 나는 평일 외박을 나오게 되었다.

평일 외박의 부대 귀대 시간은 내일 아침 8시까지다.

나는 그녀와 약속하였던 성모병원 로비에서 만났다. (당시 성모병원은 명동성당 입구에 있었으며 지금은 카톨릭 회관으로 사용하고 있다.)

"잘 지냈어?"

"아니, 잘 못 지냈어요."

"왜--?"

"시간이 너무 안 가요."

"시간이 빨리 가면 뭐가 좋아?"

"빨리 가야 당신이 빨리 제대하죠. 연말까지 시간이 너무 천천히 갈 것 같아요."

"허, 바보같이…."

우리는 따뜻한 오후의 봄 햇살을 맞으며 성당으로 올라갔다.

성당 안으로 들어간 그녀는 제대 앞쪽으로 가서 무릎을 꿇고 앉아 기도를 드린다. 아름다운 그녀가 두 손을 모으고 기도를 하는 모습은 그야말로 천사였다. 기도를 다 드리고 일어난 그녀가 방긋 웃으면서 내 손을 잡고 나가자고 한다.

"무슨 기도를 했니?"

그녀는 웃으면서

"말 안 해요."

"할 수 없지. 한데, 오늘 나 때문에 레슨 못 받아서 어쩌니?"

그녀는 요즘 바이올린 개인 지도를 받고 있다. 어릴 적에 기본적인 것은 배웠기 때문에 많이 수월하다고 하였다.

"누가 그러던데 이렇게 한 번씩 빼먹어야 잘 배워진 대요."

"하하 그 말 잊어버리지도 않고 잘도 써먹네!"

"호호호, 그걸 어떻게 잊어버려요. 명언인데."

우리는 성당 뒤쪽에 있는 벤치에 앉아 봄 날씨와 같은 대화를 나누고 있었다.

"우리 할머니한테 가요."

"응 그래."

나는 지난번 뵙고 그 이후는 한 번도 가지를 못했다. 하지만 그녀는 성당에 올 적마다 들러서 할머니와 상당히 친해졌다고 하였다.

지금은 회사들의 퇴근 시간 이전이라 식당도 한가할 것 같았다.

우리가 들어가자 할머니가 반색을 하신다.

"에구, 우리 손자와 우리 손자 며늘아기가 웬일로 같이 오네."

그 말에 나는 어이가 없어

"할머니--."

하고 크게 불만스럽게 불렀다. 그녀는 옆에서 생글거리고 할머니는

"야, 이놈아 뭐 내가 말을 잘못한 것이라도 있냐?"

라고 능청스럽게 말씀하시자 모두가 웃고 말았다.

우리는 할머니가 연방 갖다주시는 차와 과일 등을 먹으면서 시간 가는 줄 모르고 이야기꽃을 피우고 저녁 시간이 다 되어 손님들이 몰릴 즈음 할머니가 차려 주시는 수육과 저녁 식사 그리고 소주를 맛있게 먹고 일어났다.

나올 때, 그녀가 핸드백을 열고 돈을 꺼내 카운터에 주자 할머니가 난리시다.

"××야, 니 각시 교육 좀 시켜라. 언제나 와서 돈을 내고 가는 바람에 내가 미치겠다."

그러자 그녀가

"할머니, 돈 안 받으시면 제가 다시는 못 와요."

내가 웃으면서

"할머니 받으세요."

그리고 싫다는 것을 억지로 카운터에 주고 나왔다.

밖은 벌써 어두워졌고, 명동 거리는 활기가 넘치고 있었다.

나는 그녀를 데리고 다시 명동성당 쪽을 지나 삼일로 큰길을 건너 충무로 끝자락에 있는 '라이온스'호텔 커피숍으로 들어갔다.

'라이온스'호텔은 충무로 끝자락에 있지만 일본인 관광객이 많이 찾는 호텔로 손님이 항상 많은 호텔이었다.

그녀는 내가 의외의 장소로 오니 이상한 모양이었다.

그녀는 아마 내가 '쉘브루'나 '바로크'로 갈 줄 알았을 것이다.

한데, 지난번 그녀와 '쉘브루'에 갔을 때 한 패거리의 동생들이 있는 것을 보았는데, 다행히 그 녀석들은 나를 발견하지 못하였지만…….

오늘도 아무래도 그 녀석들이 설칠 시간이라 이쪽으로 온 것이었다.

커피숍에 앉아 차를 시키자, 그녀가

"오늘은 왜 이곳으로 오셨어요?"

"왜, 궁금해? 이곳 커피숍, 조용하기도 하고, 그리고 나 오늘 외박이잖아."

순간, 그녀의 표정이 굳어지면서

"여기서 주무시려구요?"

"응."

"그냥 삼청동 가서 주무심 안 돼요?"

"영아, 아직은."

그녀는 고개를 떨군 채 아무 말이 없다.

나는 아직까지도 낭인의 습관이 남아 있는 것 같았다.

누구에게 신세 지기도 싫고, 누구에게도 구속받기 싫은 나만의 것이 그녀를 슬프게 하는 것 같다.

하지만….

얼마의 시간이 지나도 두 사람 사이에는 조용하기만 하다.

그때, 안면 있는 호텔 종업원이 들어왔다. 나는 큰 소리로

"야! 너 이리 좀 와."

하고서 나는 또, '아차' 했다.

그녀가 있는데. 아니나 다를까, 그녀는 화가 난 표정이 역력했다. 내 소리를 들은 호텔 종업원은 '어떤 놈이!' 하는 표정으로 내 앞에 와서는 내 얼굴을 보더니

"아ー, 형님, 오랜만이네요."

하면서 반색을 한다.

그리고 그녀에게도

"안녕하세요?"

하면서 인사를 한다.

그녀도 억지로 웃으면서 묵례를 한다.

"잘 있었니?"

"네 잘 있습니다. 이제 제대하실 때 다 되어 가시죠?"

"응, 아직 조금 남았다."

"그러세요."

"그런데, 나 룸 키 하나 갖다줄 수 있니?"

"아 예 알았습니다."

우리는 계속 침묵이다.

종업원이 룸 키를 가지고 왔다.

"형님, 필요한 게 있으시면 전화 주세요."

"알았다."

나는 자리에서 일어났다. 그녀는 그 자리에서 꼼짝도 안 하고 있다.

"삼청동에 가겠니?"

그래도 대답이 없다.

나는 그녀의 손을 잡았다. 그리고 힘을 주어 거칠게 당겼다.

"가자."

그녀는 고개를 푹 숙이고 나에게 손을 잡힌 채 끌려왔다.

룸에 들어간 나는 모자와 야전잠바를 벗어 던지고 그녀를 살며시 안았다.

그녀의 눈은 촉촉이 적셔져 있었다.

그녀는 아무 말 없이 나의 품 안에 있었다.

"나 오늘 전부 가져도 되지?"

그러자 그녀는 얼굴을 들고 나를 쳐다보더니

"안 돼요!"

하면서 강하게 얘기하였다.

순간, 나는 오기가 만들어 지고 있었다.

"내가 세 번만 물어볼게!"

나는 그녀의 눈을 똑바로 쳐다보며 강하게 물었다.

"이번이 두 번째야, 당신 전부 가져도 되지?"

그녀는 이번에는 강하게 고개를 흔든다.

"이제, 마지막이야! 오늘 나에게 모든 걸 줄 수 있니?"

그녀는 나의 눈을 한참 쳐다보더니 천천히 또다시 고개를 흔든다.

나는 그녀를 안은 팔을 풀고 전화기를 들고 아까의 종업원을 올려 달라고
했다.

잠시 후 노크 소리가 들렸다.

나는 종업원에게

"야, 나 룸 하나 더 주고, 여자 한 명 불러라."

종업원 얼굴이 질리는 모습이다.

"형--님, 정말입니까?"

"이 자식이….."

내 입에서 거칠어진 말이 나오자

"아, 아닙니다. 바로 준비하겠습니다."

"키부터 가지고 와!"

"알겠습니다."

종업원은 바로 내려갔다가, 조금 뒤 키를 가지고 왔다. 그리고

"바로 올려 보내겠습니다."

하면서 돌아갔다.

그녀는 소파에 앉아 고개를 푹 숙이고 있다.

아마 울고 있는 것 같았다.

나는 문을 나와 키에 적혀 있는 방으로 들어갔다.

방에 들어가 담배를 입에 문 나는

'내가 무슨 짓을 하고 있는 거지? 평생 내가 결정하고 내가 행동한 것에 대하여 후회란 없었던 내가 이게 뭐 하는 건가?'

하는 생각에 나 자신에 '바보 같은 놈!' 하며 자책을 하고 말았다. '얼마나 아플까?' 착한 여인을 울린 나에 대한 고통이 울컥 밀려오고 있었다.

그때, 노크 소리가 나면서 여자가 들어왔다.

"안녕하세요."

그녀는 상대가 군복을 입고 있는 것을 보고 조금은 놀란 모양이다.

예뻤다!

녀석이 신경을 썼던 모양이다.

"아가씨, 예쁘게 생겼네. 한데 어쩌지, 나 지금 급히 부대에 들어가야 하니 그냥 돌아가야겠네. 돈은 내가 그 친구에게 그대로 주라고 할 테니 받아 가지고 가. 대신 나한테 빚이 한 번 있는 거야. 다음에 만났을 땐 서비스 잘 해야 해!"

그렇게 이야기하자, 여자는

"아그러시군요. 아쉽네요. 다음에 오시면 꼭 저를 찾아 주세요. 고마워요. 그리고 돈은 벌써 받았어요."

하면서 밝게 웃으며 아쉬운 표정을 지으며 돌아갔다.

나는 종업원에게 전화를 하여 이 방 키 가져가라고 하고 커피숍으로 내려 갔다.

나는 커피를 마시면서 연방 담배만 피고 있었다.

그런 후, 얼마가 지났을까?

나는 염치없는 결심을 하고 그녀가 있는 방으로 들어갔다.

그녀는 침대 속에 엎드려 울고 있다가 내가 들어가자, 침대 위 한쪽 구석으로 일어나 앉았다.

잠깐의 시간이 지난 후, 그녀는 작은 목소리로

"저 목욕했어요."

그 말을 들은 나는 울컥 뜨거운 것이 올라오면서 눈물을 흘리고 말았다.

"영아, 내가 정말 잘못했다. 내가 바보 같은 짓을 했어. 다시는 이런 일 없을 거야. 그리고 다시는 당신을 울리는 일도 없을 거야."

하면서 그녀를 힘껏 끌어안았다.

가만히 있던 그녀도 나를 안아 왔다.

그날 밤, 나는 그녀의 새로운 아름다움을 만날 수 있었다.

그리고 보름이 지난 뒤 만났을 때, 그녀는 웃으면서 나에게

"그런 여자들 자주 부르세요?"

나는 황급하게

"나, 그런 적 전혀 없어."

그녀는 놀리는 듯

"아녀요, 그날 호텔에 동생분에게 '여자 하나 불러 줘.' 하는 게 너무 익숙하고 세련돼 있던데요."

"나는 그런 여자들 불러 본 적 전혀 없지만 그런 여자들 나쁘다고는 생각지 않아. 나는 동생 놈들이 순진한 이 여자 저 여자들을 건드리면 용서하지 않지. 그런 놈들은 잡아다 '야 이 새끼야, 왜 순진한 여자들 데려다 책임지지도 못할 짓하고 다녀! 야, 이 새끼야! 하고 싶으면 가서 돈 주고 해 임마.' 하면서 혼내 주지. 그리고 요조숙녀인 체하면서 하는 짓은 엉망인 사람들이 너무 많아. 그런 위선적인 여자들보다는 나는 그 여자들이 훨씬 깨끗하다고 생각하는 사람이야! 물론, 그 여자들도 그런 일을 하는 것은 마지막의 안타까운 선택이겠지만……."

그녀는 묵묵히 듣고 있더니 나를 쳐다보면서 빙그레 웃는다.

"뭐야, 그 기분 나쁜 웃음은."

하면서 웃으니 그녀도 따라 웃으면서

"이상한 논리면서도, 묘하게 맞는 것도 같네요."

그때 나는 문뜩 궁금한 것이 생각났다.

"그런데 그날 내가 나갔다 들어왔을 때 동생 놈이 불러준 여자와 무슨 일이 있었는지 궁금하지도 않았어?"

그러자 그녀는 또다시 재미있다는 듯이 웃으면서

"사실 동생분이 전화가 왔어요. '형님이 여자 그냥 돌려보내셨어요, 그러니 화내지 마세요. 그리고 우리 형님, 인정 많고 좋은 분이세요.' 하고 전화가 왔어요. 나는 한참 울고 있었는데……."

"이런 죽일 놈, 완전히 비밀 정보를 누설했구먼. 그래서 나를 용서한 거야?"

"천만에요! 설사 그 여자와 무슨 일이 있었다 해도, 저는 똑같이 행동했을 거예요."

"그건 무슨 논리지?"

그녀는 웃으며

"어차피 당신이 그 여자와 관계를 했건 안 했건 당신은 당신이 한 행동에 대하여 그 잘못된 것을 느끼는 사람이잖아요. 그거면 충분하다고 생각해요."

그녀의 말에 나는 다시 한번 그녀에 대하여 고개를 숙일 수밖에 없었다.

"정말, 다음 주일 외박은 언제 나오실 수 있어요?"

나는 의아해하면서

"주일 외박은 왜?"

"그냥요."

"나는 내 외박 필요가 없어서 다른 놈들에게 거의 주어 버렸으니, 내가 나간다 하면 언제나 나올 수 있어."

"그럼, 다음다음 주에 주일 외박 나오실 수 있어요?"

"나올 수는 있지만 무슨 일인데?"

그녀는 웃으면서

"그날이 우리 명다방에서 처음 만난 지 1년이 되는 날이에요."

"어- 벌써 그리됐나?"

"지난번 주일 외박 땐 ×× 씨가 스케줄 짰으니 이번엔 제가 스케줄 만들테니 무조건 따라야 해요."

"완전히 복수하려는구나. 왠지 겁이 나는데….."

그녀와 약속한 주일 외박 날도 날씨가 화창하고 기분 좋은 날씨였다.

성모병원 앞에서 나를 기다리던 그녀는 나를 발견하자 깡충깡충 뛰어오더니 팔을 잡는다.

"왜 안에서 기다리지 않고."

"밖이 좋아요."

그녀는 내 팔을 잡고 성당으로 올라갔다.

그리고 평소와 같이 성모마리아상 앞에서 무릎을 꿇더니 오늘은 나에게도 꿇으라고 한다. 지금까지 나는 군복을 입고 무릎 꿇고 기도한다는 것이어색하여 서서 기도하는 그녀를 보기만 하였다.

"오늘은 우리 같이해요."

나는 그녀 옆에 무릎을 꿇고 그녀를 따라 '성모송'을 하고 기도를 하였다.

기도를 마친 그녀는 다시 성당 안으로 들어갔다.

제대 바로 앞 의자에 무릎을 꿇은 그녀는 이번에도 따라 하라고 한다. 잠깐 눈을 감고 묵상을 하고 난 그녀는 제대 뒤 성모상을 보면서

"사랑하는 성모님, 우리 두 사람 영원히 한마음으로 서로를 사랑할 수 있도록 도와주세요."

그런 뒤 우리 두 사람은 함께 묵주의 기도 1단을 하고 나왔다.

늦은 봄의 따뜻한 햇살이 유난히도 눈부시게 비추고 있었다.

그녀는 내 어깨에 머리를 기댄 채 성당 위에서 성모병원을 내려다보았고, 우리는 아무 말 없이 한동안 서 있었다. 무슨 일이 있는 것만 같이 아무 말도 없는 그녀에게 나도 아무 말도 할 수 없었다.

잠시 후, 그녀가 미소를 지으며

"이제 가요."

"어디로?"

"오늘은 제가 하자는 대로 하기로 하셨죠?"

그녀는 성당을 내려가 병원 앞에서 택시를 타고 삼청동으로 가자고 하였다.

"집으로 가는 거야?"

그녀는 웃으며 손가락으로 자기 입을 막으며 나보고 아무 말도 하지 말라고 한다. 나는 이런 적이 한 번도 없었기에 어이가 없었지만 삼청동 집에 도착할 때까지 한마디도 하지 않았다.

집 안으로 들어가자 집은 아주 깨끗하게 정돈되어 있었다. 그녀가 처음

으로 말문을 열었다.

"우리 오늘은 여기서 지내요. 괜찮으시죠?"

그러면서 그녀는

"이 옷으로 갈아입으세요."

하면서 새로 산 것 같은 청바지와 티셔츠를 내어놓는다. 나는 조금은 놀라면서

"이거 언제 준비했니?"

그녀가 웃으면서

"맞을지 모르겠어요."

나는 2년 이상 입었던 군복을 벗고 처음으로 사제 옷으로 갈아입었다. 그런대로 나에게 잘 맞았다.

"와- 근사해요."

그녀가 나보다 더 좋아한다.

그녀는 전축을 틀어 클리프 리차드의 판을 올려놓는다.

솜사탕 같은 클리프의 감미로운 노래가 실내에 흐르고 그녀가 타 온 커피와 머리를 내 어깨에 얹고 있는 그녀!

지금껏 가져 보지 못한 분위기 속에 내가 있었다.

내가 머리를 돌리자 맑은 눈이 나를 쳐다보고 있었다.

그녀가

"우리 노래해요."

하면서, 피아노 앞으로 갔다.

라노비아, 렛잇비미, 처음 듣는 그녀의 피아노 솜씨는 정말 멋이 있고 나

무랄 데 없는 연주였다.

그녀가 피아노를 치면서 화이트하우스를 부른다.

내가 생각하긴 비키보다 훨씬 잘 부른다고 생각했다.

나는 정신을 잃고 멍하니 그녀의 연주와 노래를 듣고 있었다.

노래가 끝나고 내가 박수를 치자

"홍보는 거죠?"

"아니야, 내가 할 말이 없어."

"피―, 한 곡 부르세요."

"기가 죽어서 난 부르지 못하겠어."

"내가 아무 노래나 칠 테니 같이 불러요."

"여기서 노래 불러도 괜찮아?"

"아무 걱정 마세요. 여기는 제가 피아노 치는 것 때문에 엄마에게 부탁해서 이 방은 특별하게 공사를 했어요. 그리고 2층이어서 걱정이 없어요. 저 피아노 치면서 노래 자주 불러요."

하면서 그녀는 둥근달 밝은 달 동요를 치기 시작했다. 나는 웃으면서 맑은 목소리의 그녀를 따라 노래를 부르기 시작했다. 노래가 끝나자, 그녀가

"어쩜, 동요도 그렇게 잘 불러요? 음악 시간에 열심히 한 모양이죠?"

하면서 웃는다. 그러더니

"우리 Visions를 같이 불러요. 이 노래, 1년 전 오늘 우리 처음 만나게 한 노래잖아요."

"그래, 좋아. 그럼 같이 부르는 거야."

그녀의 피아노 반주에 맞추어 우리는 Visions를 불렀다. 그녀의 목소리와 내 목소리의 조합이 그런대로 잘 어울렸고 멋이 있었다. 노래가 끝나자, 그녀가 피아노에서 일어나 나에게 오더니 목을 안으면서

"와- 정말 좋았어요. 목소리도 좋고 우리 둘 노래 소리 정말 최고예요. 이제 혼자서 한 곡 불러 주세요, 네?"

그녀가 애교 있게 조른다. 나는 할 수 없이
"알았어!"
라고 대답하니 좋아하면서 피아노 앞에 앉는다.
"무슨 노래하시겠어요?"
나는 잠깐 생각하다가
"영광의 탈출, Exdous Song."
"와-- 그 음악, 노래도 있어요? 그 곡은 최고의 피아노 연주곡인데….'"
그녀가 웅장하게 영광의 탈출의 반주를 시작했다. 좀 높은 것 같았다.
"영아, 영아, 잠깐."
내 소리에 반주를 멈춘 그녀가
"왜요?"
"응, 나한테는 음이 조금 높아. 이 노래 남자 가수는 두 사람이 불렀는데 지금 영아가 친 것은 앤디 윌리암스의 톤이야. 그보다 낮은 팻 분의 톤으로 부탁할게."
"OK, 알았어요."
멋진 반주에 맞추어 나도 웅장한 Exdous Song을 불렀다. 노래가 끝나자, 그녀가
"정말 감동이에요. 나 이 음악, 피아노 연주로 즐기는 곡인데, 노래는 처음 들어요. 정말 웅장하고 최고네요. 아———"
하면서 즐거워한다.
이렇게 나는 최고의 외박을 시작하고 있었다.

저녁 시간이 되자 그녀가 저녁을 준비한다.

그동안 나는 서투른 피아노도 치고 전축을 틀어 음악을 들으면서 지금까지의 군대 생활과는 전혀 다른 세상을 만나고 있었다.

처음으로 그녀가 차려 준 깔끔한 저녁으로 식사를 한 후 커피를 마시자, 그녀는

"목욕물 데워 놨어요. 목욕하시고 이 잠옷으로 갈아입으세요."

하며 새로 산 잠옷을 준다. 나는 웃으면서

"스케줄이 아주 입체적으로 완벽해!"

하면서 욕실로 갔다.

내가 목욕을 마치고 나오자 그녀도 목욕을 하러 들어갔고 그녀도 내 잠옷과 같은 잠옷으로 갈아입었다.

우리는 가장 편한 차림으로 작은 등만 켜 놓은 채 그녀가 능숙하게 치는 기타에 맞추어 컴백라이자, 꽃들은 어디에, 사모하는 마음 등 조용한 포크송을 부르다가 어느 틈엔가 우리는 자연스레 포옹을 하였고,

그리고 우리는 그렇게 음악으로 만났고 음악 속에서 아름다운 하나가 되었다.

행복이란

$\overline{1972}$

습관처럼 아침 6시 이전에 눈이 떠졌다.

아늑한 침대가 나에게는 낯설기만 하다.

부대에선 내무반에서 자 본 것은 오래전 얘기고 사무실 의자에서 자거나 아니면 몰래 기밀실에 들어가 모포 몇 장 갖고 자거나 하는 게 습관이 되어 내 잠자리는 보통 사람들의 잠자리하고는 거리가 멀다.

옆에는 그녀가 곤하게 자고 있었다.

나는 자고 있는 그녀를 바라보았다.

문득, 나는 이제 어찌해야 되지?

이 천사 같은 여인에게 실망을 주면 안 되는데…….

더 이상 낭인의 생활은 접어야 하나?

이제는 지금까지와는 다른 승부가 나를 기다리고 있었다.

'이 여인을 위하여…….'

천사를 바라보다 나는 또다시 잠이 들고 말았다.

"여보, 여보, 이제 그만 일어나요."

나는 그녀의 소리에 눈을 떴다.

창문을 통하여 강한 햇살이 비치고 있었다.

"군바리가 완전히 군기가 빠졌어요. 지금 시간이 몇 신 줄 아세요?" 시계
를 보니 10시가 넘어가고 있었다.

"어, 벌써 시간이 이렇게 됐나!"

나는 침대에서 내려와 그녀에게

"잘 잤어?"

하고 물으니, 그녀는 환하게 웃으며

"그럼요, 아주 잘 잤어요."

"그런데 아까 뭐라고 했지?"

"뭐요?"

"나 깨울 때 말이야."

그제야 그녀는 장난꾸러기처럼

"아- 여보라고 한 거요?"

그 말에 내가 웃으니

"이제부터는 나 당신한테 여보라고 부를 거예요. 사람들 많은 데서두요."

"에구, 미치겠군."

하면서 내가 어이없어하니깐

"여보, 빨리 씻고 아침 식사해요."

아예 자연스럽게 나오고 있다. 우리 둘은 하나는 어이없어서, 또 하나는

재미있어서, 크게 한바탕 웃고 말았다.

　나는 씻으러 욕실에 가서 물을 쫙쫙 뿌리고 나왔다.

　"뭐 하신 거예요."
　"씻었어."
　"찬물로요?"
　"그럼, 찬물로 하지 뭐로 해?"
　"그러다 감기 들어요."
　"하하, 그런 걱정 안 해도 돼! 난 여행할 때도 겨울에 산속의 개울물 얼음
을 깨고 목욕을 하고, 부대에서도 화장실 문을 잠그고 매일 찬물을 뒤집어
써."
　"으-- 소름, 사람도 아니야."

　아침은 빵, 우유, 계란프라이, 수프 그리고 샐러드였다.

　"빵인데, 괜찮으시겠어요?"
　"음, 최고."
　"지난번 호텔에서 아침 식사 때 빵을 잘 드시더라구요."
　"응, 우리 부대 아침은 빵이 나오거든."
　"어머, 군인들도 빵을 주나 보죠?"
　"응, 전 국군 중에 우리 부대만 시범적으로 아침에 빵을 급식하는데 봉지
에 큼직한 둥그런 빵 8개가 들어 있고 우유 1팩, 단무지, 이렇게 주는데 거
의가 먹지를 못해. 모두 배고프니까 빵 한두 개 먹는 게 고작이지. 그 8개를

다 먹는 건 나밖에 없고 다른 놈들 먹다 남은 건 모두 내 간식이야."

"호호호, 재밌어요. 역시 당신은 사람도 아니야."

"흐흐흐, 그건 아무것도 아니야. 우리 부대 사람들도 나보고 '저건 사람도 아니다'라고 한 사건이 있었지."

"호호, 뭔데요."

"재작년 겨울, 부대 비상 때였는데, 우리 부대는 식사 때 식당으로 갈 때는 식판을 옆에 끼고 한쪽 팔은 높이 흔들고 가슴은 펴고 제식 훈련식으로 걸어야 하는데, 나는 식판은 그냥 들고 한쪽 손은 주머니에 넣고 어슬렁어슬렁 걸어가다 그만 군기 순찰에게 걸리고 말았지 그래서 그 자리에서 쪼그려 뛰기 기합을 받았어."

"호호호, 안 보아도 눈에 선해요."

"그다음부터는 내가 굶어 죽는 한이 있더라도 사병 식당은 가지 않는다 결심하고 군수과에 전화해서 아침 PT 체조 당분간 빼 줄 테니 라면 1 Box만 가져와라, 하여 그날부터 라면을 먹기 시작했어. 라면 1 Box에는 300개가 들었는데 롯데라면으로 하얀 투명 포장으로 1봉지에 10개씩 들어 있지. 1끼에 3개씩 하루에 5끼를 비상이 끝나는 2개월 동안 밥은 1숟갈도 안 먹고 라면만 먹었어. 그것도 뭐 김치가 있는 것도 아니고 또 끓여 먹는 것도 아니고 군에서 비상시에 쓰는 반합이라는 것이 있어 거기에 라면 3개를 까 넣으면 꽉 차지. 그러면 물을 붓고 보일러실의 화구에 넣으면, 라면을 끓여 먹는 것이 아니고, 라면을 삶아 먹는 거야."

"흐ㅡ, 끔찍해요. 정말 부대 사람들도 당신이 사람도 아니라는 말, 하겠네요, 호호호."

"응 내 배 속은 엄청 무식해, 아무거나 잘 들어가지. 식당에 다른 사람하고 같이 가면 너 아무거나 같이 시켜라, 하고, 혼자 가면 아무거나 빨리 되는 것으로 달라고 하지."

"크, 나 당신 먹을 거 신경 쓰지 않아도 되네요…, 호호호."

"그건 확실해!"

우리는 그녀의 양식 아침을 맛있게 먹었다.

식사 후 커피를 마신 후 그녀가

"여보, 당신 사복 입고 우리 밖에 나가요."

"그럼 다시 들어와야 되지 않아."

"그럼 어때요, 부대가 바로 앞인데."

"하긴."

"아참! 그리고 이거 받으세요."

하면서 2개의 열쇠를 준다.

"이거 뭐지?"

"응, 이거 집 열쇠예요."

나는 너무 뜻밖의 일이었기에

"아니야, 아직은. 그리고 그거 아직 필요치 않아. 당신이 있는데 그 열쇠가 뭐가 필요해. 그리고 그런 거 나 잘 잊어버리거든."

그녀는 서운한 표정으로

"알았어요. 당신 필요하실 때 말씀하세요."

"알았어."

나는 그녀가 사 온 청바지, 티셔츠, 잠바, 그리고 하얀색 농구화를 신고 그녀와 함께 밖으로 나왔다. 그녀도 청바지에 티에 캐주얼 재킷을 입었는데 아주 잘 어울렸다.

나의 이러한 복장은 처음이었다. 군 입대 전 낭인 생활을 할 때도 사시사철 헐렁한 미군 작업복을 검정색으로 염색하여 입고 군화를 신은 것이 내 패션의 전부였다.

그녀는 사복을 입은 나와 데이트하는 것이 몹시 즐거운 모양이다. 팔짱을 끼고 깡충깡충 뛰더니

"여보."

하고 부른다.

내가 쳐다보면서

"왜?"

하고 부르니

"그냥요, 불러 보고 싶어서요."

"허–, 싱겁긴….."

한참 두 사람은 집에서부터 걸어서 안국동, 낙원동을 거쳐 종로까지 나왔다. 그녀가

"우리 오늘은 조용한 다방에 가요."

"그러자."

우리는 조용한 작은 다방에 들어갔다.

"나 지금 너무 행복해요. 날아가고만 싶어요."

"왜, 날아서 나한테서 도망가려고?"

"호호호---."

"참, 휴가 언제쯤 가요?"

"언제쯤 갈까?"

"여름에 가면 어때요? 부산 가서 집에 엄마하고 같이 있다가 해수욕장에 가요, 네?"

"그거 좋겠다."

"휴가 기간은 며칠이에요?"

"응, 25일쯤 줄 거야."

"와, 멋지네요. 그럼, 이제 3개월만 있으면 휴가고, 휴가 갔다 와서 3개월만 있으면 제대하는군요."

"벌써 그것까지 계산하고 있었어?"

"그럼요, 내 낙이 매일매일 혼자서 당신 제대까지 남은 날짜 계산하는 거예요."

"나 당신 고생시키면 어떡하지?"

"흐- 어찌 당신답지 않는 그런 말씀 하세요?

하지만 아무 걱정 마세요. 당신이 나에 대하여 그런 마음만 있다면 제가 당신 고생시키지 않을 거예요."

"흐흐 당신, 나 많이 닮아 가는 거 같은데?"

"그럼요, 당신에게 가장 멋있는 게 자신감이거든요! 나도 당신한테 많이 배웠어요. 엄마가 저 변한 것 보고 많이 놀라요."

"그 놀라시는 거 좋은 거야? 나쁜 거야?"

"저 지금까지 무슨 일이든 좀 소극적이고 자신 없는 것이 많았거든요. 한데, 당신 만나고부터 당신의 많은 이야기와 나도 《미야모토 무사시》를 보고 무사시한테도 많이 배웠어요."

"어, 당신 그 책 읽었어?"

"그럼요, 당신이 얘기한 그다음 날 사서 보기 시작했거든요."

"그래, 읽은 소감은? 사람에 따라 내 말에 대하여 유치하다고 할 수도 있는데."

"아니에요. 정말 감명 깊게 읽었어요. 무사시나 오쑤우 모두 좋았어요. 당신이 어릴 적 그 책을 보고 감명을 받았고 그 책이 당신의 어릴 적부터 어떠한 교훈과 좌표가 되었다면 당신에 대하여서도 쉽게 느낄 수가 있었구요."

"예쁜 소리만 하는구먼."

"쳇! 놀리긴."

"아, 일요일엔 매주 명동에 가니?"

"그럼요, 나 냉담 졸업했어요. 고해성사도 보고 성체도 영했는걸요."

그녀는 아주 밝고 행복한 표정으로 얘기한다.

"부럽구나. 한데 우리 어젯밤 그거 천주교식으로 한다면 죄가 아닌가?"

그녀는 얼굴을 붉히면서

"설마요? 진정으로 사랑하는 사람과의 그것이 죄가 된다면 말도 안 돼요. 이번 주 토요일 신부님께 가서 물어볼게요."

"부끄럽지 않아?"

"뭐가요? 저 당당하게 물어볼 수 있어요."

"헉, 무사신가?"

하니 그녀는 깔깔대고 웃는다.

"다음 주 주일날은 나하고 같이 미사 보자."

그녀는 놀라면서

"어머, 정말이에요? 나올 수 있어요?"

"탈영이라도 할게."

"어머, 정말 신난다. 당신하고 미사를 보다니."

"이런, 이런 남자가 탈영한다는데 좋아하는 사람은 아마 당신밖에 없을 거야."

"호호호─."

"내가 그날 10시까지 성당으로 갈게. 그날 나와서 오래는 못 있을 거야. 그날은 당신이 점심을 사야 돼 알았지?"

"네, 알았어요."

이렇게 우리는 여보, 당신이란 말이 입에서 봇물 터지듯 나왔고 또 그것이 전혀 싫지도 않았다.

일요일, 나는 10시 전에 명동에 도착했다.

그리고 성모병원 앞에서 누구를 기다리고 있었다.

드디어 나는 누구를 발견하고 뛰어갔다.

"엄마."

나는 그때까지도 어머니를 엄마라고 불렀다. 어머니는 미소를 지으며

"네가 어쩐 일로 나를 여기로 나오라고 했니?"

내가 어머니를 만나자 하여 밖에서 만난 건 난생처음 있는 일이다.

"그냥, 보고 싶어서….."

"오랜만에 명동성당에 오니 좋구나."

어머니는 경기여고를 졸업하셨는데 여고 때는 명동성당을 다니셨다고 하셨다.

어머니는 큰집 아이들까지 8남매를 키우면서 고생을 많이 하셨지만 아직 40대의 어머니는 기품이 있고 고우셨다.

나는 어머니와 성당으로 올라갔다.

성당 앞에는 그녀가 기다리고 있었다. 멀리서 나를 발견한 그녀는 내가 어떤 부인과 함께 오는 걸 보고 의아해하는 모습이다. 내가 그녀 앞에 가자 어머니도 그녀도 모두 놀라는 표정이다. 나는 어머니와 그녀에게

"엄마, 이쪽은 엄마 며느리, 지영아 이분은 네 시어머니."

하고 간단히 양쪽을 소개하니, 그때서야 그녀는

"어머니 안녕하세요? 저 ×지영이에요."

어머니는 그 인자한 얼굴에 미소를 지으시면서

"이 녀석이 이렇다니깐. 그래요, 나 이 애 애미예요. 만나서 정말 반가워요."

그러시면서

"정말 예쁘네. 성당에 나와요?"

"네, 저 세실리아입니다."

우리는 11시 미사를 보기로 하고 성당 밖 다방으로 갔다. 걸어가면서 그녀와 둘이 되었을 때, 그녀는 눈을 흘기면서

"당신 정말 개구쟁이예요. 하지만 용서할 거예요. 어머니 인상이 정말 좋으세요."

그녀는 아주 기분 좋은 눈치다. 나는 뒤에 오시는 어머니에게로 갔다.

"엄마, 죄송!"

그러니, 어머니는

"정말 예쁘고 참하게 생겼구나, 뭐 하는 아가씨냐?"

"음대에서 피아노 전공했고, 지금은 바이올린을 배우고 있어요. 집은 부산이고, 홀어머니와 단 두 식구예요."

음악을 전공하고 있다니 음악을 좋아하시는 어머니는 무조건 좋으신 것 같다.

"외롭게 자랐구나. 그러면서도 밝은 걸 보니 괜찮은 아가씨 같구나."

나는 이미 두 사람의 상견례는 서로가 대만족이라는 것을 느꼈다.

우리는 성당 앞 다방으로 들어갔다.

우리 세 사람 대화는 즐겁고 밝게 이어졌다.

어머니 표정도 밝고 그녀는 웃으면서 애교도 부리고 어머니, 어머니 하면서 오래된 며느리처럼 귀엽게 어머니와 이야기하였다.

그날, 같이 미사를 본 다음 그녀가 산 맛있는 점심을 먹은 뒤 헤어졌다.

다음에 그녀와 만났을 때, 그녀는 어머니의 이야기가 끝이 없었다.

예쁘시고 우아하시고 자기는 지금껏 어머니처럼 기품 있는 사람을 본 적이 없다고 한다.

어머니를 만난 뒤 그녀는 더욱 나에게 자상한 여인이 되었고 이제는 나와의 관계에 있어 그녀의 어머니, 우리 어머니 모두 두 사람에 대하여 만족들 하신 것에 대하여 그렇게 좋은 것 같았다.

그해 여름, 나는 기나긴 군대 생활의 마지막 휴가를 받았다.

이제 제대까지는 불과 4개월, 휴가를 다녀오면 3개월 남짓 남았다.

가벼운 마음으로 신무문을 나와 삼청동으로 발걸음을 향했다.

그녀는 내가 들어가자 환호성을 지으며 나에게 달려들었다.

"여보, 나 꿈꾸는 것만 같아."

나는

"여보 나 속옷하고 좀 내줄래, 우선 군대 물부터 좀 빼고…."

말하고, 나는 욕실에 들어가 시원한 찬물을 뒤집어썼다.

시원하게 군대 냄새를 뺀 나는 속옷부터 사재로 갈아입었다.

상쾌하다.

오늘부터는 말년 휴가다.

"여보, 우리 언제 내려갈까요?"

"응, 며칠만 쉬고 내려가자."

하니 그녀도 좋아라, 한다.

나는 며칠 동안 어머니를 만나고 몇 명의 동생들도 만나, 용돈도 받고 여기저기 체육관도 들러 관장님들께 인사도 드리면서 바쁘게 움직였다.

모두들 예전의 낭인 모습이 아닌 나의 모습에 놀라는 표정들이었다.

그리고 며칠 동안의 그녀와의 꿈같은 시간….

그녀와 같이 있으면 있을수록 그녀는 점점 소중한 그녀가 되어 갔다.

우리는 고속버스를 타고 가기로 했다.

나는 청바지에 티셔츠 그리고 모자를 푹 눌러쓰니 군인 티는 전혀 없었다.

그녀도 청바지에 티셔츠, 그리고 커다란 밀짚모자를 머리 뒤로 넘긴 모습은 모든 사람들의 시선을 끌고도 남았다.

이렇게, 두 사람은 그레이하운드 2층 맨 앞에 앉아 즐거운 휴가를 시작하였다.

그녀의 집은 동래온천장의 깨끗한 2층 양옥이었다.

그곳에서 그녀의 어머니는 사촌 여동생 부부와 함께 살고 계셨다.

아래층에서 사는 여동생 부부에게는 아이들이 세 명이나 있는데도 집이 넓다 보니 조용하고 썰렁한 느낌마저 들었다.

지난번 삼청동에서 뵌 어머니는 구면인 저를 반갑게 맞아 주셨다.

모든 이야기는 그녀에게서 들었는지 나에 대하여 지난번 서울에서 물었던 것을 제외하고는 한마디도 묻지 않으시고 마치 사위 대하듯 대하셨다.

"× 서방, 지난번 군복 입었을 때도 멋있었는데 지금은 더 멋지고 잘생겼네."

"어머니 놀리시는 거 영아하고 똑같네요."

그러면서 그녀를 쳐다보면서

"당신, 가끔 나 놀리는 거 어머니 닮은 거지?"

하니, 모두 우스워 죽겠다 한다.

그러시다가, 어머니가

"× 서방 제대하면 부산에 와서 살면 안 돼?"

어머니는 일찍 남편과 사별하고 그녀와 단둘이만 사시다 보니 사회 활동을 하신다고는 하지만 항상 외롭고 쓸쓸하신 모양이다.

농담 반, 진담 반 하시는 뜻밖의 어머니 말씀에, 나는 웃으면서

"싫어요, 어머니한테 와서 살면 두 사람한테 매일 협공당하면서 살아야 하는데 안 돼요."

라고 말하니, 또 두 사람은 배꼽을 잡고 웃는다. 그리고 나서 내가

"어머니 걱정 마세요, 영아하고 제가 이제 어머니 외롭게는 절대 안 해 드려요."

그 말을 들은 어머니는 정색을 하시면서

"쟤는 하도 성격이 소극적이고 조용해서 걱정을 많이 했는데 자네를 만나서 얼마나 다행인지 몰라. 고맙네, 자네는 얘가 말한 것과 똑같아."

그 말에 나는 또 그녀를 바라보며

"당신 또 어머니에게 무슨 흉을 본 거야?"

했더니, 또 웃음바다다. 한참 재미있게 이야기하다가, 어머니가

"얘가 × 서방 어머니께서 그렇게 좋으시다고 질투 날 정도로 칭찬을 하더라고."

그래서 나는

"예, 제 어머니 정말 어머니만큼 좋으세요. 하지만 저도 집에 가서 어머니 얘기를 하면 우리 어머니도 아마 질투하실 거니 어머니 아무 걱정하지 마세요."

그러니, 또 배꼽을 잡고들 웃는다.

이렇게 우리는 오래된 한 가족처럼 부산의 첫 밤을 맞게 되었다.

첫 밤 그녀의 어머니에게는 부끄러운 일을 그녀가 모든 걸 얘기한 것 같

왔다. 어머니가 그녀와 나를 한방에 자라고 이불을 펴 주는 것을 내가 싫다고 하면서

"어머니 모녀간에 같이 주무시면서 제 흉을 또 가득 보세요."

또 한바탕 웃음이다.

내가 방에 가서 누워 있어도 그녀는 계속 차와 과일을 갖다주러 왔다 갔다 하면서, 재미있어한다. 그래서 내가

"영아, 제발 나 좀 자자."

하니

"안 돼요, 당신이 나 저 방으로 쫓아냈지 않아요."

하면서 웃는다.

이렇게 즐겁고 행복한 부산의 첫날 하루는 지나가고 있었다.

다음 날, 우리는 어머니를 모시고 시내로 나갔다.

어머니를 가운데로 하여 우리가 양쪽에서 팔을 끼고 광복동 길을 걸어가니 어머니가 아주 즐거워 보이신다.

우리들보다 어머니가 더 신이 나신 것 같다.

세 사람은 다방에서는 끝이 없는 이야기로 시간 가는 줄 몰랐고, 식당에서는 시원스럽게 먹는 나를 보시고 어머니께서 아주 즐거워하시고, 그리고 나서 어머니는 그녀와 같이 휴가 중에 입을 내 옷을 사셨다.

다니시면서 어머니는 나를 장래의 사위가 아니라 친아들 대하듯 해 주시니 나도 너무 편하였다.

나중엔 그녀가

"엄마! 나 질투 난단 말이야!"

그러자, 어머니가

"야 가시나야, 니만 반했니? 나도 × 서방에게 반했다!"

하는 바람에 우리는 또 한바탕 웃고 말았다.

이렇게 우리의 행복은 어디서나 샘이 솟고 있었다.

다음 날, 우리는 기타와 배낭을 메고 송정해수욕장으로 출발했다.

한여름 밤의 세레나데

1972

송정해수욕장은 젊은이들의 열기로 활기가 넘쳤다.

우리는 깨끗하고 욕실까지 딸린 고급 민박집을 웃돈까지 주고서야 힘들게 구할 수 있었다.

나 혼자라면 방도 필요 없이 배낭을 메고 별을 쳐다보며 잠을 자도 환상적이겠지만 소중한 그녀와 함께이기에 송정해수욕장의 VIP가 될 수밖에 없었다.

그녀는 짐을 풀자마자 어린애처럼 빨리 바다에 들어가자고 난리다.

우리는 수영복에 추리닝을 걸치고 슬리퍼와 샌들을 신고 해변으로 나갔다.

수영복 차림의 그녀는 단연 송정해수욕장의 여왕이었다.

아름다운 얼굴에 균형 잡힌 몸매는 수영장의 시선을 한 몸에 받았다.

"영아, 아무래도 해수욕장에 잘못 온 것 같다."

"왜요?"

"모두 당신만 쳐다보니 잘못하면 당신 빼앗길 것 같은데….."

"호호호, 나를 쳐다보는 게 아니라, 당신을 보는 거예요. 저기 봐요, 저 여자….."

나는 튜브를 하나 빌려 그녀에게 주고 우리는 추리닝 상의를 벗고 바다로 들어갔다.

아름다운 그녀의 몸매와 운동으로 단련된 단단한 내 몸은 사람들의 시선을 끌기에 충분했다.

나는 그녀를 튜브에 태우고 바다 가운데로 나갔다.

"여보, 너무 멀리 가지 말아요, 무서워요."

"하하, 걱정하지 마. 당신 하나는 내가 충분히 보호할 테니."

나는 안전한 곳에 그녀를 세워 놓고 나 혼자 수영을 하며 바다가운데로 나가기 시작했다.

한참 안전선까지 가기 위하여 물을 가르고 있는데 그 많은 사람들이 있는 데서 큰 소리를 지른다.

"여보, 그만 가고 돌아와요, 나 무서워요."

나는 수영을 하면서 뒤를 보면서 손을 흔들어 주었다. 그리고 계속 바닷속으로 나아갔다. 그때, 또다시

"여보, 무서워~~~"

그러나 나는 못 들은 척 계속 나가고 있었다.

그녀와 나를, 많은 사람들이 보고 있을 수도 있다.

어느 곳이나 지역의 깡패들은 있다.

여기서 그녀와 있기 위하여서는 그놈들 하고 한 번은 부딪쳐야 할 것이다.

그들은 아름다운 그녀에 관심을 갖고 지금도 그들은 그녀의 일행인 나에 대하여 관심을 갖고 계속 관찰을 하고 있을 것이다.

일단 서울내기들은 샌님으로만 알고 있는 놈들에게 수영으로라도 조금은 무언가 보여 주는 것도 나쁘지 않을 것 같았다.

금지선까지 도착한 나는 돌아서 혼신의 힘을 다해서 속도를 냈다.

그녀는 멀리서 보고 있다.

빠르게 다가가자 그녀가 물에 서 있다가 나한테 오더니 주먹으로 가슴을 마구 때리더니 사람들이 있건 없건 아랑곳하지 않고 물속에서 안겨 온다.

우리는 긴 시간을 물에서 보내고 해변으로 올라왔다.

해변으로 올라온 우리는 백사장에 나란히 앉아 쉬고 있노라니 몇 놈들이 주위를 왔다 갔다 하는 걸 느낄 수 있었다.

나는 모자를 푹 눌러쓰고 선글라스를 끼고 수경사 추리닝을 걸쳐 입었다.

그녀도 나와 똑같이 추리닝 상의와 선글라스 그리고 모자를 썼다.

그리고 내가 담배를 꺼내 피우자, 몇 놈들 중 한 놈이 나에게 오더니, 나보다도 어려 보였다.

"야, 담배 한 대만 얻자."

하면서 거칠게 말을 했다.

순간 그녀의 얼굴이 겁을 먹고 굳어졌다.

나는 싸늘한 시선을 그놈에게 던지면서

"야 이 새끼야, 담배를 달래려거든 좀 이쁘게 얘기해! 알았냐!"

그놈은 나의 예상치 못한 거친 시선과 서울말에 움찔하는 것 같았다. 주위의 놈들은 인상을 쓰면서 쳐다만 보고 있다. 내가 담배를 한 대 꺼내어 주니 그놈은 그것을 받으려 손을 내밀었다.

"야 이 새끼야, 두 손으로 받아!"

하면서 고함을 치니, 그것으로 끝이다.

그놈들은 나의 단단한 몸과 뒤에 '수도경비사령부'라고 쓰여진 추리닝을 보고 또 타지에서 온 사람의 입에서 겁도 없이 거친 말이 거침없이 나오는 것을 보고, 나에 대하여 간을 보려던 놈들은 그대로 꽁지를 내려 버리고 말았다.

"야, 담배 받아."

"아니 괜찮습니다."

"야 이 새끼야, 빨리 안 받아!"

고함을 치니깐, 놈은 마지못해서 두 손으로 담배를 받더니

"미안합니다."

하면서 가려고 하는 것을

"야 임마, 나 여기 며칠 조용히 쉬러 왔으니, 귀찮게들 하지 말아라, 알겠냐?"

"예."

하면서, 그가 가 버리자, 그녀가

"나 싸울까 봐 무서웠어요."

"여기서 당신하고 나하고 즐겁게 보내려면 어차피 한 번은 겪어야 해. 그리고 무슨 일이 있더라도 당신은 아무 걱정하지 마. 나 당신 하나 보호할 힘

은 있어."

그녀가 미소 지으며

"여보."

"왜?"

"그냥요."

하면서 머리를 내 어깨에 기댄다.

우리의 송정해수욕장 피서는 이렇게 시작되었다.

그녀는 식사는 절대 사 먹지 않고 자기가 하겠다고 난리다.

내가 당신 힘이 드니 고집 피우지 말라고 하여도 막무가내다.

우리는 읍내에 나가 쌀 등 식재료 장을 보고 간식과 음료 등 필요한 것을 사 왔다.

민박집은 이곳에서는 가장 크고 깨끗한 집이고 우리가 얻은 방은 가장 비싼 방이기에 그런대로 조리를 할 수 있었다.

그녀는 필요한 것은 민박집 아주머니에게 붙임성 있게 얘기하여 석유풍로 등 이것저것 도움을 받으면서 신이 나서 저녁 준비를 한다.

민박집 아주머니도 우리가 특실 손님이기도 하지만 예쁜 그녀가 붙임성 있게 하니 아주머니도 그녀에게 무척 친절하였다.

그녀는 아주머니에게 우리가 부부라고 하였고 우리도 여보, 당신, 하는 것을 보고 아주머니도 신혼부부구나 하고 생각하는 것 같았다.

아주머니가 "새댁 있어?" 하고 부르면 능청스럽게 "네." 하면서 대답하는 등 아주 즐거워한다.

그녀가 정성껏 만든 푸짐한 저녁을 맛있게 먹은 우리는 기타를 들고 해변으로 나갔다.

어둠을 먹기 시작한 바다는 밝은 낮의 바다와는 달리 묵직한 위엄을 보이고 있다.

시원한 바람이 낮의 열기를 식혀 주면서 지나간다.

우리는 해변가 끝의 바위산으로 올라가 바다가 바라보이는 평평한 바위 위에 앉았다.

한참 내 어깨에 머리를 기대고 앉아 있던 그녀가

"여보."

"왜?"

"우리, 여기 그냥 이렇게 살면 안 될까?"

"이렇게 바닷가에 살면 추워서 안 돼."

"따뜻한 당신이 있어서 괜찮아…."

"흐흐, 내가 따뜻하다고 하는 사람은 당신뿐이야. 모두들 얼음보다도 더 차다고 해."

"하긴, 명다방 아가씨들이 항상 혼자 오시기에 말을 붙여보고 싶은데 잘생겼는데도 너무 차가운 건지 무서운 건지 몰라 전부 다 말을 붙여 보지 못했대요. 그러면서 나보고 부러워하면서 당신이 어떠냐고 물어보더군요."

"그래서 뭐라 그랬니?"

"칫, 그래도 여자들이 관심을 주니 궁금한 모양이죠?"

"흐흐, 당연한 거 아냐?"

그녀가 주먹으로 내 등을 친다.

"너무 자상하고 따뜻한 분이라고 하였어요. 그 말 하고 나서 그날 당신 때문에 커피 값이 얼마나 나갔는 줄 알아요?"

"바보 같으니, 왜 그렇게 얘기해! 형편없는 군바리에 라고 했으면 오히려 그 아가씨들이 당신 안 됐다고 커피 샀을 것 아니야?"

"호호호, 정말 그렇게 할 것을!"

바위를 때리는 파도 소리 속에 송정의 밤은 하늘 위에 빤짝이는 별을 만들기 시작했다. 그녀가 기타를 잡았다.

"둥근달 밝은 달 산들바람 타고와 한없이 떠가네 어디까지 가나요~~~~~~"

맑은 그녀의 노랫소리가 먼바다로 퍼지고 있었다. 노래를 마친 그녀는

"우리 같이 불러요, 무슨 노래 부를까요?"

하기에

"좋아, Where Have All The Flowers Gone 부르자."

하니

"허, 청와대 근무하는 수경사 군인이 금지곡을 불러요? 좋아요."

하더니 기타를 치기 시작한다.

멋진 두 사람의 노래가 밤하늘을 가른다.

"다음은요?"

"응, 석별의 정."

노래를 다 부르고 난 그녀는

"여보! 왜, 슬픈 노래만 불러요."

하더니, 다시 기타를 친다.

"나는 담배 한 대 못 피우고, 나는 밀밭에도 못 간다네,

머리만은 덥석 부리지만, 히피족은 진정 아닙니다……"

하면서, 신나게 노래를 부른다.

한데 그 순간, 우리 주위에 근처에서 데이트하던 사람들이 아름다운 그녀의 노랫소리에 하나둘 모여들기 시작하더니 우리하고 조금 떨어진 곳에 십여 명이나 모여 노래를 듣고 있었다.

그것을 보고 내가

"여보, 당신 노래, 관객들이 많은데…."

하니, 그녀가 주위를 둘러보더니

"아! 난 몰라, 창피해서 어떡해!"

한다. 그래서 내가

"창피하긴 뭐가 창피해! 자 기다려 봐."

하고서, 일어나서 그들을 향해

"여러분, 우리 함께 노래 불러요. 조금만 가까이들 오세요. 거기서 부르셔도 좋구요. 우리가 노래 부르면 아시는 분 같이 불러 주시구요. 또 부르시고 싶은 노래 있으면 말씀해 주세요."

그리고 그녀를 보고

"자, 시작하자."

그녀는 난데없는 많은 사람들을 상대로 한 내 제안에 황당해 하면서 나를 쳐다본다.

"뭐 해? 시작하자고. 자, 우리 '목장 길 따라'부터 가 보자."

라고 하니 그녀 잠깐 머뭇하더니 기타를 치기 시작한다.

"목장 길 따라 밤길 거닐어~~~~"

하면서 그녀와 내가 부르기 시작하니깐 몇 명이 조금씩 따라 부르더니 차츰 소리가 커지기 시작하였다. 그러더니 "스텔라 스텔라 스텔라 품파 스텔라" 할 때는 모두가 하는 것 같았다. 노래가 끝나자 모두 박수를 쳤다. 분위

기가 이렇게 되자, 그녀는 신이 나서 작은 소리로

"역시, 우리 서방님이 최고야!"

하더니 또 신나게 기타를 친다.

몇 곡이 지나자 이제는 모두가 하나가 되어 아름다운 송정 밤하늘을 향해 즐겁고 신나는 노래를 날려 보내고 있었다.

그때 노랫소리가 작아지더니 갑자기 주위가 조용해진다.

열 명 가까이 되는 놈들이 데이트족들한테 겁을 주면서 거들먹거리면서 다가오고 있었다.

나는 그녀에게 계속 기타를 치라고 했다. 그녀가 머뭇거리기에

"당신 희망가 칠 수 있겠니? 이 풍진 세상을 만났으니~~~~, 이렇게 나가는 거."

"알아요, 칠게요."

그녀가 기타를 치기 시작하자, 나는 걸쭉하게 희망가를 부르기 시작했다. 그러자 한 놈이

"조용한 밤에 어디서 시끄럽나 했더니 여기로구만."

하면서 우리 쪽으로 가까이 왔다. 나는 못 들은 척 노래를 계속했다. 그러자 그놈이

"이 자슥이 귀가 먹었냐!"

하면서 가까이 왔다. 그 말을 듣고, 내가 노래를 멈추고

"너, 지금 이 자식이라고 했냐?"

어차피 도 아니면 모에서는 기선 제압이 정답이다. 상대는 10여 명이다.

"그래, 자슥아."

하는 걸, 앞질러 차기로 명치를 찬 다음, 달려가 숨 쉴 틈도 주지 않고 주먹으로 다시 복부를 가격했다. 다음, 쓰러지는 놈의 멱살을 잡고, 바다 쪽으로 끌고 가

"다시 한 번 해 보거라."

하면서 바닷속으로 던지려 하니, 거의 우는 소리로

"잘못했습니더."

하기에, 나는 나머지 놈들은 쳐다보지도 않고

"꺼져, 이 새끼야."

하면서 그놈들 쪽으로 밀어 버렸다. 순식간에 벌어진 일이기에 놈들은 달려들고 말고가 없었다.

그때, 한 놈이 나오더니

"아- 아까 그 형님 아니십니까?"

오늘 낮에 나에게 담배를 달라고 한 놈이다.

"에고, 미안합니더."

"응, 또 너냐?"

"캄캄해서 못 알아 봤습니더. 정말 죄송합니더."

"됐다, 그만들 가 봐라."

그들이 사라지자, 그녀가 나를 한참 쳐다보더니

"난 당신이 어디까진지 도무지 모르겠어요."

"왜, 실망?"

그러자 그녀는 살포시 웃으며, 고개를 살래살래 흔든다.

나는 숨죽이고 있던 커플들에게

"자- 우리 다시 재미있게 놀아 봐야죠!"

그들은 방금 전에 상황을 본 터라 큰 박수로 답을 대신하였다.

오늘따라 송정해수욕장 밤하늘의 별들은 유난히 반짝거리는 것 같았다.

우리들이 노래를 부르는 밤에는 항상 그들이 모였고 매일매일 그 숫자는 늘어만 갔고 낮에는 우리들과도 어울리는 커플들이 많았으며, 때문에 그녀는 즐거운 매일매일을 보낼 수 있었다.

우리들이 떠나는 날, 많은 사람들로부터의 따뜻한 환송도 이 피서에 중요한 추억일 것이다.

10월 유신과 제대

1972

송정해수욕장의 그녀와의 아름다운 추억을 가슴에 안고 부산에 온 뒤 그녀의 부산 집에서 며칠 머물다 서울에 올라왔다. 나는 작년에 서울로 다시 이사 온 후 한 번도 자 보지도 못한 집에서 어머니와 함께 지낸 후 귀대를 하였다.

이제 제대까지는 3개월 남짓 남아 있다.
그녀와 함께한 꿈같은 휴가였지만 이제 얼마 남지 않은 제대를 앞두고 무거운 무엇이 짓누르고 있었다.
예전 같으면 제대를 하여도, 자유로운 낭인 생활을 하면 아무 걱정도 하지 않아도 되지만 이제는 그녀가 있다.
난생처음 어느 누구에 대한 책임이라는 것을 갖게 된 것이다.

나는 그날부터 한 번도 쳐다보지도 않던 신문을, 철하여 놓은 것을 찾아 오래 지난 신문부터 읽기 시작하였다.
오직 경제면과 광고 쪽을 중점적으로 읽어 나갔다.

그리고 작전과원이나 참모부 사병들 중 경영학을 전공한 친구들이 보는 경제 서적 등을 달라고 하여 닥치는 대로 읽기 시작했다.

밖에 나가지도 않고 밤새도록 나 혼자 상황 근무를 하면서 신문과 책 등을 닥치는 대로 읽고 머릿속에 넣으려 노력을 하였다.

그러던 추석 연휴도 지난, 9월 말 어느 날, 평일 외박을 나와 그녀에게 전화를 하니 집에 있었다.

그래서 바로 삼청동으로 가니, 그녀는 울먹이면서

"왜 그렇게 무심해요?"

그리고 보니 그녀와 헤어진 지가 한 달 반이 넘은 것 같다.

미안했다.

나는 그녀의 등을 두드리며

"영아, 미안해. 앞으로 자주 나올게. 이제 얼마 안 있으면 제대잖아."

"그동안 무얼 하느라 내 생각도 안 했어요?"

"공부하느라구."

"네? 당신이 무슨 공부를?"

"응, 당신 공부를."

그녀는 잔뜩 토라진 것이 아직도 풀어지지 않고 있다.

"영아, 나 왔는데 이제는 커피도 한 잔 안 줄래?"

"거 봐요, 이제는 이름을 부르기로 작정한 모양이죠?"

나는 '아차' 했다. 지영은 이름을 부르는 것보다 여보라고 부르는 것을 좋아한다. 나는 웃으면서

"여보, 나 왔는데 이제는 커피도 한 잔 안 줄래?"

하니, 그녀도 피식 웃는다. 그녀는 전기 곤로에 주전자를 올려놓고 물을 끓인다.

"여보, 우리 커피 마시고 밖에 나가자."

라고 하니

"싫어요, 오늘은 집에서 당신하고 같이 있고 싶어요."

잠시 후 커피를 탁자 위에 놓더니 내 가슴에 얼굴을 묻고 또다시 흐느끼기 시작했다.

나는 갑작스런 그녀의 행동에 어찌할 바를 모른 채 그녀의 머리만 쓰다듬고 있었다.

잠시 후 그녀가 고개를 들더니

"미안해요. 하지만 당신만 기다리는 그 한 달 반이 얼마나 길었는 줄 아세요? 우리 지금까지 아무리 길어도 보름에 한 번은 당신 얼굴 보여 주시지 않았나요? 그런데 이번에는 나 많이 힘들었어요. 보름이 지나고부터는 하루가 한 달이었어요. 당신 올까 봐 추석 때 부산도 못 가고 레슨도 한 달 동안 안 갔어요."

나는 아무 말도 할 수가 없었다.

다만 휴가 중 긴 시간을 함께 있었기 때문에 당분간 만나지 않아도 되리라 생각했고 또, 나는 내가 무엇을 한다고 마음먹으면 아무 잡념도 없이 몰두하는 성격이기에 내가 신문과 전문 서적을 보면서 무언가 배우고 또 생각할 때는 다른 어떤 생각도 내 머릿속에 넣지 않기에 그만 그녀를 울리고 말았다.

나는 그녀에게 어떠한 변명도 하고 싶지 않았다.

내가 그녀를 울린 건 사실이니깐….

지난번에 다시는 울리지 않겠다고 해 놓고 또 울리고 말았다.

한참을 울고 난 그녀는 다시 표정이 밝아졌다.

"정말 내가 잘못했어."

하고 진지하게 얘기한 다음에, 웃으면서

"나 용서 안 해 주면 갈 거야!"

하니, 그녀는

"쳇, 그러면 누가 잡을 줄 알고?"

토라진 표정으로 얘기하곤 이내 웃는다.

그렇게 마음을 푼 그녀는 그동안 있었던 어머니와 전화로 한 나의 얘기며, 그래도 주일날 성당은 꼭 나갔다는 얘기, 그리고 우리의 송정 이야기 등 끝이 없이 나오고 있다.

그리고 지금까지 혼자서 살았을 때는 그런 적이 한 번도 없었는데 이제는 내가 없으면 무섭다고 하였다. 그래서 내가

"당신, 나한테 집에 오게 하려고 일부러 하는 얘기지?"

하고 물으니, 정색을 하면서 사실이라고 얘기한다.

오랜만에 그녀와 밤을 지낸 후 다음 날 아침 귀대를 하였다. 그녀는 한 달 반 동안 오지 않았으니 그 벌로 일주일에 한 번씩 오라고 하여, 그 약속과 함께…….

10월 초, 과장님께서 부르신다.

방금 전 청와대 안전과에 대대장님과 함께 회의에 참석하시고 오셨다.

나를 조용히 부르신 작전과장님은 나에게 은밀히 지시하시기를 중앙청, 정부종합청사, 국회의사당 3곳에 출입구와 그에 따른 병력 배치 계획을 만들라고 하신다.

당시 국회의사당은 시청 옆길 건너 덕수궁 오른쪽 돌담을 끼고 있는 곳에 있었다.

뒤에 그 건물은 체신부에서 사용하였다.

나는 무언가가 있구나, 라고 직감적으로 느낄 수 있었다.

나는 며칠 동안 3곳을 다니면서 중앙청, 정부종합청사, 국회의사당의 수위들이 눈치채지 못하게 군복과 사복을 번갈아 입고 나가 병력 배치 계획을 만들었다.

나는 나갈 때마다 그녀에게 전화하였고 어쩌면 비상사태가 생길 것 같으니 그러면 가지 못할 수도 있다고, 그렇게 알고 있으라고 미리 말해 놓았다.

10월 15일부터는 뭔가 심상치 않은 분위기를 나는 느낄 수 있었다. 나는 10월 초부터는 계속 비상이었다.

10월 17일 17시경, 우리 작전과장이 영내 방송을 통해 '전 병력 비상' 명령을 내렸다.

또한 본 비상은 훈련 비상이 아니고 실제 상황임을 몇 번이고 강조를 하셨다.

18시 30분, 전 병력 출동 명령이 떨어지고 전투지원중대 전차는 발진 명령이 떨어졌다.

외곽 근무중대와 내곽 근무중대를 제외한 1중대와 3중대는 전투복에 철모를 쓰고 개인화기를 지참하고 모두 연병장에 집결하였다.

병력 수송을 위한 수송부의 차량도 연병장에 도착했다.

18시 50분, 대통령의 계엄 선포와 10월 유신 특별 담화문이 전 방송을 통하여 발표되기 10분 전 우리 부대는 작전을 개시하여 전투지원중대 탱크는 중앙청 앞에, 1중대는 중앙청과 정부종합청사, 3중대는 국회의사당으로 출동하여 대통령의 발표와 동시 우리 부대는 중앙청 정문 앞에 전차를 배치했고, 19시 정각에 중앙청, 국회의사당, 정부종합청사 3곳을 모두 접수하였다.

당시 각 부처의 공무원들은 군인들이 들이닥치자 놀라면서 무슨 일이냐고 하면서 물어보는 사람들이 많았다.

계엄 선포와 동시에 우리 부대원들은 모두 비상에 들어갔다.

모든 외출, 외박은 물론, 휴가까지도 금지됐다.

그래도 작전과에 근무하는 나는 작전지역 점검이라는 목적으로 자주 나왔다.

철모에 계엄군 완장을 차고 M16 소총을 들고 부대를 나와 광화문에서 시청 앞까지, 마음대로 다닐 수 있었다.

계엄 후 며칠이 지난 어느 날, 그녀에게 전화를 하였다.

"나 지금 광화문에 있으니 잠깐 나올 수 있니?"

하니, 좋아라, 하면서, 명다방으로 나오겠다, 하였다.

나는 국회의사당을 들러서 광화문 '명'다방으로 갔다.

그녀는 벌써 와 있었다.

철모와 M16 소총을 들고 계엄군 완장을 찬 내가 다방에 들어가자, 실내가 모두 나를 쳐다본다.

당시 계엄군의 위세는 대단했다.

수경사 5헌병대대는 명동 등지에서 장발 단속, 미니스커트 단속 등을 하였고, 모든 각 대학에도 계엄군이 주둔하여 계엄군에 대하여 반감을 갖는 사람들도 많았다.

그녀는 처음에는 총을 들고 철모를 쓴 군인이 들어가자 무심코 쳐다보다가 난 줄 알고는 두 손으로 얼굴을 가려 버린다.

다방 종업원들도 처음에는 계엄군이 들어오니 전부 '우리 다방에 무슨 일이 있나?' 하고서 굳어 있다가 난 줄 알고는

"어머, 안녕하세요."

"와ㅡ 멋있어요."

하면서 제각기들 한마디씩 한다.

내가 그녀의 앞에 앉자, 그녀는 밝게 웃으면서

"나, 그런 복장으로 나오실 줄 몰랐어요."

다방 안의 모든 시선이 그녀에게 쏠렸다.

"어떻게 해, 지금 비상시국인데. 나, 지금 다방에서 당신 만나고 있는 거 누가 보면, 바로 영창 행이거든."

"아니, 지금 당신 정말 멋있어요. 무슨 영화의 한 장면에 나오는 사람 같아요."

우리는 오랜만에 그녀와 명다방 데이트를 즐길 수 있었다.

10월도 지나고 11월 초, 나는 제대 특명지를 받았다.

한없이 기쁘면서도, 또 한없이 무거운 무엇이 있기도 하였다.

우리 사회는 10월 유신 이후 계엄령하에서 유신에 찬성하는 기득권 계층과 이를 반대하는 세력과의 반목이 계속되는 새로운 격변기를 맞고 있었다.
 나는 전에부터 정치라는 것에는 전혀 흥미 없었기에 아무런 관심도 느끼지 못하고 내 현재의 위치가 군인이기에 군인으로서 나의 주어진 임무만 다할 뿐이었다.

당시 우리 부대 제대자들은 청와대 경호실, 시경 330수사대, 중앙정보부 이렇게 3개 기관에서 차출이 왔고 제대 후 그곳에 들어가는 사람들이 많이 있었다.

제대 특명지를 받은 나도 그런 유혹은 받았으나 나에게는 별로 관심이 없었다.

나는 계속 신문과 다양한 책을 보면서 빠른 시간을 보내고 있었다.
 이러한 노력으로 당시 국가의 경제 정책의 제1순위로 꼽고 있는 수출드라이브 정책과 관련한 실무 상식과 오퍼와 관련한 실무, 그리고 당시까지는 국내에서는 꿈도 꾸지 않았던 크레디트카드 관련 상식 등, 국내와 해외의 많은 경제 관련 상식을 내 머릿속에 담을 수 있었다.

드디어 제대 날이다.

그날 제대자가 6명이었는데 내가 부대대장 앞에서 제대 신고를 하였다. 뒤에 경호실장까지 지내신 A 부대대장님은 나와 악수를 하시면서 "이놈 드디어 제대하는구나." 하시면서 축하를 하여 주셨다.

예비군복의 제대복을 입은 나는 입구까지 줄을 서서 배웅하는 과원들의 환송을 받으며 감회가 깊은 신무문을 나섰다.

나는 부대를 나와 택시를 잡아타고 미아리 쪽으로 향했다.

우리 집은 내 초등학교 시절, 아버지 사업이 준공을 눈앞에 두고 사라호 태풍으로 공사를 한 모든 전주와 시설과 함께 무너졌다. 그때 아버지는 재ㆍ기 불능의 위기를 맞아 우리 집 생활은 그때부터 어려움의 연속이었다.

그래서 아버님은 재기를 위하여 부산으로 사업의 터전을 옮겼으나 공사를 하시면 항상 사채를 써야 하는 아버지는 어려움에서 벗어나지 못하시고 따라서 어머니는 항상 어려운 생활을 꾸려 나가야 하셨다.

이후 다시 사업의 터전을 따라 서울로 이사 온 어머니는 많은 식구들을 거느리고 또다시 어려운 살림을 계속 이어 가실 수밖에 없으셨다.

내 초등학교 시절 어머니는 어려운 생활을 돕기 위하여 아버지 몰래 우리나라 최초의 여자 경찰 간부 시험에 합격을 하셨으나 자존심이 강한 아버지의 반대로 포기하시고 말았다.

미아리 집 근처에 차를 세운 나는 과일을 사 들고 집에 들어갔다. 내가 집에 들어가니 어머니는 뜻밖의 나의 방문에 놀라시는 것 같았다.

그도 그럴 것이 중학교 때부터 나는 집하고는 거리가 멀었다. 거의 혼자서 자라고 혼자서 생활하기에 집에 들어가는 일은 거의 없었다.

하지만 어머니와 나는 언제나 가장 가깝고 가장 사랑하는 우리 어머니와 아들이었다.

어머니를 만나면 우리 두 사람의 이야기는 모자지간이면서도 농담으로 시작하여 농담으로 끝난다.

나는 어머니에게 인사를 드리고 어머니가 타 주신 커피를 마신 뒤

"엄마, 나 이제 일어나겠어요. 나 늦게 가면 엄마 며느리가 삐져요."

하니, 어머니는 웃으신다.

"그래, 어서 빨리 가 보아라. 누구보다 제일 기다리고 반가와할 사람인데."

그래서 어머니께 인사를 마치고 택시를 타고 삼청동으로 향하였다.

명다방에서 데이트 후 한 번도 연락을 못 한 그녀는 내가 오늘 제대라는 것도 모른다.

놀라게 하려고 일부러 알리지를 않았다.

삼청동에 도착하여, 2층 계단을 올라가서 문을 두드리자 반가운 그녀의 목소리가 들린다.

"누구세요?"

나는 아무 대꾸도 않고 다시 문을 두드렸다.

그러자, 문이 열리며 그녀가 나타났다.

잠시 멈칫하다가 제대복을 입은 나를 알아보고, 놀라면서 나를 마구 때리더니, 아무 말도 없이 나에게 달려들더니, 또 울기 시작한다.

그러더니, 울음을 멈추고

"나빠요."

하면서, 이제는 밝게 웃는다.

"여보, 이제 끝났네요."

그녀는 좋아서 난리다.

"그렇게 좋아?"

"그럼요, 내 평생 지금처럼 좋았던 일은 없었어요. 아 정말 행복해요."

"여보, 지금 나 좀 씻을게."

"아니에요, 물 데워 드릴게요."

"아니야, 찬물도 괜찮아."

"아니에요, 오늘은 물 데워서 제가 씻겨 드릴 거예요. 그래서 군대 냄새 깨끗이 없애고 대신 내 냄새만 나게 할 거예요."

나는 어이없어 웃고 말았다.

이렇게 나는 드디어 제대를 하였다.

사병으로서 나의 군대 생활은 몇 가지 기록을 만들면서 끝을 맺었다.

낭인의 군대 생활

1969-1972

낭인은 1968년 1·21사태로 인하여 군 복무 기간이 길어져서 3년에서 3일이 부족한 기간 동안 군대 생활을 하고 제대하였다.

누구에게도 지기 싫어하고 승부를 좋아하는 낭인은 군대라고 해서 예외는 아니었다.

1969년 12월 초, 논산 수용 연대에서 입소 절차를 마친 나는 신병훈련소 28연대에 배치되어 훈련병 생활을 시작하였다.

첫날 내무반장이 와서 소대원들에게 향도와 공급계를 추천하라고 하였다. 그러면서 두 사람은 소대 야간 불침번이 면제되는 혜택이 있다고 하였다. 나는 훈련소에서도 또래 중에 가장 체격이 좋고 입김이 센 친구를 불러
"야, 네가 향도를 해라. 난 공급계를 할 테니."
향도란 학교의 반장이나 같은 것으로 훈련 소대 내에 정리, 정돈, 기초 군기 확립 등, 모든 것을 지휘하는 직책이고, 공급계는 소대 내 각종 보급품을

본부에서 수령하여 나누어 주는 직책이다.

나는 다른 소대원들의 의견도 묻지 않고 그 친구와 나를 내무반장에게 향도와 공급계로 추천하여 그 직책을 맡게 되었다.

훈련소에서의 훈련병 생활은 처음에는 보통의 일반적인 사회생활을 한 대부분의 훈련병들은 고된 나날을 보내야만 했다.

하지만 나는 하루에도 서너 곳씩의 체육관을 돌면서 힘든 운동을 하였기에 이러한 훈련은 오히려 재미가 있었다.

공급계는 일반적인 군수품 외에, 정기적으로 사병들에게 1인당 3일의 1갑씩 지급되는 화랑 담배와 그리고 1주일에 1인당 1개씩 지급되는 소위 고무신 빵으로 불리우는 길쭉한 빵을 중대 본부에서 수령하여 나누어 주는 일을 한다.

담배는 담배를 안 피우는 훈련병에게는 담배 대신 별사탕을 주었는데 의외로 담배를 안 피우는 훈련병도 많이 있었다.

14살 때부터 담배를 피운 나는 3일에 1갑으로는 절대적으로 부족하였다.

그래서 담배를 안 피우는 훈련병들을 모아 놓고

"야, 너희들 그까짓 별사탕 몇 개 먹으면 뭐 하냐? 그냥 담배 피우는 사람이나 피우게 너희들이 양보를 해라. 대신, 내가 너희들에게 고무신 빵은 조금씩 더 주도록 할게. 알았냐!"

항상 배가 고픈 훈련병에게는 별사탕보다는 고무신 빵 1조각이 훨씬 좋을 수밖에 없었다.

그래서 우리 소대는 중대 본부에서도 담배를 가장 많이 피우는 소대로 소문이 났다.

그리고 고무신 빵은 1인당 1개씩인데 대부분이 잘라져 있었다. 그래서 내 따블백을 들고 고무신 빵을 수령하는 날이면 나는 항상 중대 공급계하고 빵이 부러졌어도 짝은 맞춰야 될 것 아니냐 하고 다투곤 한다.

항상 그러다 보니 중대 공급계는 나중에는 나하고 다투는 것이 귀찮아 아예 여유 있게 주고 만다.

빵을 수령하여 온 나는 2/3가량 되는 빵은 1개씩 쳐서 대강 나누어 주고 담배를 양보한 친구들에게는 반 조각씩 더 나누어 준다. 그리하여도 내 따블백 안에는 고무신 빵이 많이 남는다.

그러면 놈들이 뭐라 하든 가장 왕따를 당하는 훈련병들에게 나누어 준다.

이렇게 논산의 전반기 훈련병 기간을 마쳤을 때, 내 따블백은 쥐새끼들로부터 가장 인기가 많아 이놈들이 빵가루만 먹을 것이지 따블백까지 썰어 먹어 너덜너덜 되고 말았다.

이렇게 6주간의 신병 교육을 마친 나는 전라북도 금화로 가서 후반기 교육을 받게 되었다. 금화 교육장의 후반기 교육은 105병과 인 박격포 교육대대로 4주간의 훈련을 받게 되며 훈련이 끝나면 그제야 자대 배치를 받게 된다.

나는 또다시 생소한 훈련병과 함께하게 되었으며 그곳에서도 공급계를 보면서 훈련소 생활을 마치게 되었다.

그런데 교육이 끝나 자대를 지정받는 배출대로 가기 전날 금화 교육대대 대대장이 나를 불렀다.

"자네, 이곳에 남아 조교로 있으면 어떻겠니?"

하시기에, 당시 훈련병으로서는 훈련소 조교가 하늘처럼 보였기 때문에

"그렇게 하겠습니다."

라고 주저하지 않고 대답했다. 그러자, 대대장은

"그럼, 그리 알고 명령을 낼 테니 배출대에 갔다 이리로 와라."

하셨다.

배출대에는 1,000명도 넘을 것 같은 훈련을 마친 훈련병들이 자기의 호명을 기다리고 있었다.

거의가 101보충대와 103보충대로 지정이 되었고, 이제 남은 훈련병은 불과 몇 십 명에 지나지 않았다.

나는 금화로 가겠거니 하고 생각하고 있었다. 카투사, 보안사, 육군본부 등 몇 군데가 불려 나가도 내 이름은 호명되지 않았다.

그러자, 다음에 "수도경비사령부."

하면서 몇 명을 호명할 때, 내 이름이 불려졌다. 나는

"어?"

하고 놀라면서 대답을 하고 수도경비사령부 쪽으로 갔다.

아마 훈련소 끗발보다 수경사 끗발이 높은 것 같았다.

수경사로 결정된 몇 명은 서울 206보충대에 도착하여 수경사에 인계되어 필동의 수도경비사령부로 오게 되었다.

그곳에서 또, 사령부, 30대대, 33대대로 나뉘게 된다.

사령부에서 하룻밤 자는 과정에 그곳 기관병들이 30대대에 걸리지 마라, 30대대에 걸리면 우리 같으면 탈영을 한다, 하면서 정보를 주는데, 30대대는 입대에서 제대하는 날까지 훈련과 빠따로 시작하여 훈련과 빠따로 끝난다고 한다.

그러나 다음 날 나는 다른 2명과 함께 30대대로 걸리는 불운을 맞게 되었다.

수경사 30대대는 원래 박정희 대통령이 군사 혁명을 일으킬 당시 이끌고 온 혁명 부대였다. 그리고 혁명 후 청와대 앞 경복궁에 주둔하였다.

그러다 뒤에 수경사로 편입이 되었는데, 혁명군이라는 자부심으로 군기는 말이 아니었던 것 같았다.

그러다 1968년 1·21 무장공비 사건으로 30대대 작전지역인 청와대 내곽이 뚫리는 사태가 발생하고 말았다.

이후 박정희 대통령은 최측근이자 평소 가장 아끼는 군인 중의 한 사람인 전두환 중령을 30대대장으로 임명하게 된다.

30대대장으로 임명된 전두환 중령은 그때부터 30대대를 전 국군 중 최고의 부대로 만들기 위하여 혹독한 훈련과 엄한 군기로 대한민국 최강의 부대로 만들었다.

당시 30대대는 거의가 무술 유단자이고 특히 유도 대학생들은 거의 30대대로 차출되어 왔다.

운동한 사람들이 모인 부대라 각 운동 유단자 간에 알력도 있었으나 가장 많은 유도 대학생들의 군대의 군번, 계급을 앞서는 엄한 선후배 관계의 조직으로 유도 대학교 파워가 부대를 장악하고 있었다.

30대대로 배정받아 온 나는 소총 중대인 1중대로 배속되었고 배속된 지 얼마 후 자대 보충 교육을 받게 되었다.

자대 보충 교육은 2주간 받게 되며, 30대대 보충 교육에는 사령부, 방공포대 등의 신병들도 함께 받았다.

보충 교육은 논산훈련소의 신병 교육은 훈련도 아닐 만큼 하루 종일 기합과 훈련의 연속이었다. 하루에 자유 시간이라고는 밥 먹는 시간, 화장실 가는 시간 등 모두 합하여도 삼사십 분이 채 안 되었다.

또한, 식사 때도

"식사 개시."라고 하면, 훈련병들은

"감사히 먹겠습니다."라고 하면서 식사를 시작한다. 그리고 1분 정도 뒤에

"식사 끝." 하면, 그것으로 식사는 끝이다.

모두들 몇 숟가락 뜨다가 식사는 끝나고 만다.

그리고 허기진 몸으로 온갖 혹독한 훈련과 기합을 받아야 한다.

그러나 나는 그 짧은 시간에도 어떻게든 식판에 있는 밥은 내 배 속으로 넣었다.

모두들 지쳐서 힘들어하지만 나는 이 모든 훈련을 내 인내를 시험해 볼 수 있는 기회다, 라고 생각하면서 즐겁게 받고 있었다.

보충 교육을 마치자, 다음 보충 교육 중대는 1중대였다.

보충 교육은 중대별로 돌아가면서 맡게 되어 있었다.

중대 본부에서는 보충 교육을 막 끝낸 나를 보충 교육 조교로 임명하였다.

보충교육 조교단은 보충교육 소대장, 선임하사, 그리고 조교 6명으로 구성되어 있다.

그 조교에 이제 군대 생활 3개월 갓 넘긴 이등병이 조교가 된 것이다.

나는 가짜 일등병 계급장을 달고 지금까지 훈련병이었던 내가 훈련병을 가르치는 조교가 되어 혹독한 훈련을 보충병들에게 시키고 있었다.

보충병들 중에는 군대 생활 2년을 넘긴 병장도 있었고 거의 대부분이 나보다 군대 생활을 많이 한 고참들이었다.

하지만 조교와 훈련병들의 관계는 고참과 계급 등은 무시되었다.

군대 생활 햇병아리의 보충 조교 임무가 무사히 끝나자, 나는 본부중대 대대 작전과로 명을 받았다.

작전과는 참모부 선임과로 과원들은 대위인 과장님 외에 중사인 선임하사 그리고 6명의 과원으로 구성되어 있었다.

나는 교육계 조수로 보직을 받았는데 교육계 사수는 제대 말년의 고참이었다.

1작전과에는 대대 상황실 업무도 함께 보는 곳으로 작전과 사무실에는 청와대, 국방부, 시경, 방공포대, 사령부, 종로경찰서 등 각 주요 기관과의 직통 전화가 30여 대 있었다.

이에 정보과, 작전과 사병들은 불침번은 없고 대신 야간에도 상황실 근무를 하여야 했다.

그래서 작전과원들은 아침마다 하는 PT, 집합 등 모든 훈련과 어떠한 비상 상황에도 2명은 항상 열외였다.

내가 군대 생활한 지 6개월이 되는 날이었다.

부대에서는 6개월이 되는 날에는 군 입대해서는 처음인 외박을 보내 준다.

나는 첫 외박을 나가는 날 부산에 여동생 고등학교 동창이 지난번 면회를 와서

"오빠, 언제 외박 나오실 수 있어요?" 하고 묻길래, 오늘 나올 수 있다 하니 오늘 면회를 오겠다고 하였다.

그녀는 부산 가 있을 때 몇 번 데이트를 한 적이 있었는데 키가 크고 조용한 인상에 그녀의 남동생도 나를 잘 따랐다.

그녀는 철도청에서 비행기 승무원 같은 특급열차 승무원을 뽑았는데 거기에 합격하여 열차 승무원으로 일하고 있었다.

그래서 내가 외박 나가는 날 일부러 다른 승무원과 바꾸어 서울로 오겠다고 하였다.

나도 군대 와서 첫 외박이고 그녀와 약속도 하였기에 설레는 마음으로 오늘을 기다려 왔다.

그날은 화요일로 아침 PT 시간에는 청와대 앞으로 해서 삼청공원을 돌아 경복궁 정문으로 돌아오는 코스의 구보를 하는 날이었다.

그런데 나는 전날 다리를 다쳐서 뛰지를 못하고 앞에 나가 서 있었다.

드디어 외박자 명단이 올라왔다.

그런데 내 이름이 빠져 있었다.

나는 본부중대 본부에 가서 중대장을 만났다. 중대장은

"너는 오늘 아침 PT 시간에 구보를 안 하여 오늘 외박은 취소한다."

그래서 나는

"중대장님 다리를 다쳐서 뛰질 못했습니다."라고 하니

"알고 있다, 그러나 군인은 이유가 없어야 한다."

하면서 외박을 불허하였다.

나는 분노가 치밀었다.

중대장에 대한 분노가 아니라, 내가 다친 줄 알면 PT 시간에 열외를 하여 사무실에 있는 고참 놈들 중 한 놈이 대신 나가 주어도 될 텐데, 이렇게 고참이라고 인정도 없는 행동을 하는 놈들에 대한 분노가 머리끝까지 치밀어 올랐다.

그날 나는 실망을 하고 돌아가는 그녀를 보면서 그 분노는 더하여졌다.

그다음 날부터 나는 영창을 갈 각오를 하고 모종의 결심을 하였다.

우리 과에 모두가 나보다 한참 고참들이지만 고참이라고 아니꼬운 행동을 하는 놈은 두 놈뿐이었다.

그놈들은 항상 아침 PT와 저녁때는 초번 상황으로 점호를 받지 않고 있다.

우리 부대는 저녁때 점호만 받지 않아도 천국이다.

'맞지 않으면 잠을 못 잔다.' 하는 말이 그냥 있는 말이 아니다.

다행히 점호가 무사히 끝나고, 취침나팔이 불어져 모포를 깔고 취침을 하여도 언제 일직사관 이들이 닥칠지 몰라 잠을 잘 수가 없다.

드디어 일직사관이 순시를 하면서 내무반에 들어온다.

들어와서는 무슨 꼬투리라도 잡아서 기상을 시킨다.

다음은 팬티 바람에 연병장에 집합, 아니면 침상에 엎드려뻗쳐를 시켜 놓고 빠따를 때리기 시작한다.

빠따는, 진압봉, 곡괭이 자루, MI 소총을 3등 분해하여 총신으로, 또는 묵직한 쇳덩어리인 LMG 총열 등으로 사정없이 내려친다.

그 과정이 끝나야 '이제 오늘도 끝났구나.' 하고 잠을 잘 수 있다.

엉덩이와 팬티는 항상 붙어 있다.

팬티를 갈아입으려 하면 대야에 물을 채우고 거기에 엉덩이를 대고 한참을 앉아 엉덩이에 붙은 팬티가 물에 불어서 엉덩이에서 떨어지면 그제서야 팬티를 벗을 수 있다.

이러한 점호를 그 두 놈은 항상 빠지고 있다.

우리 사수는 제대 특명지를 받아 모든 기합이 열외이기에 내무반이 편하여 점호를 받지만 그다음으로 우리 과 고참은 그 두 놈이었다.

다음 날, 나는 두 놈 중 한 놈을 불러

"××님, 제가 드릴 말씀이 좀 있는데요."

"응, 얘기해."

"아니, 여기서는 좀 그렇구요. 조용한 옥상에서 얘기하시죠."

그놈은 "그래." 하면서 새까만 졸병의 말을 따라 주었다.

옥상은 우리 사무실에서 계단 하나다.

옥상에는 부대에서 키우는 스피츠가 두 마리 있다.

옥상으로 올라간 나는 문을 잠그고, 미리 갖다 놓은 진압봉을 들었다.

그는 뭔가 심상치 않은 낌새를 눈치채고

"야, 뭐야!"라고 하는 걸

"뭐? 뭐야? 이 새끼가" 하면서 진압봉으로 정강이를 내려쳤다.

"너 이 새끼, 나 오늘 너 박살 내고 영창 갈 거야, 알겠니?"

하면서 또 한 번 내려쳤다.

놈은 대학을 다니다 군대 온 놈으로 높은 사람들한테는 살살대면서 약한 사람들한테는 큰소리치는 내가 제일 싫어하는 부류지만 또 그런 놈들이 겁을 먹으면 간과 쓸개, 자존심 모두 내던지는 놈들이기도 하다.

이놈들은 모두 내가 운동하였다는 것을 잘 안다.

부대 내에 운동한 고참들 중에서도 그리고 유도 대생들 중에서도 나에 대하여 아는 사람들이 많다는 걸 알기 때문이다.

"야, 이 새끼야, 너 군대에서 영원히 있을 거야? 네 놈이 사회 나가서 온전히 학교에 나갈 수 있을 것 같냐? 개자식아."

놈은 완전히 기가 빠져 있었고 넋이 나가 한마디의 말도 못 하고 있었다.

나는 진압봉을 집어 던지면서

"야, 이 새끼야! 가서 신고하든지, 여기저기 가서 불든지 마음대로 해!"

하고서 나는 옥상에서 나와 버렸다.

나는 옥상을 내려와 참모부 건물 밖으로 나와 봄기운이 감도는 집옥재 앞에서 최악의 사태에 대한 각오를 하고 있었다.

한 시간이 지났을까?

사무실로 올라가니 다른 과원이

"야, 어디 갔다 오냐? 너 과장님이 찾으셨다."

"그렇습니까? 과장님 어디 가셨는데요?"

"대대장님실에 들어가셨다."

나는 그 고참이 과장님에게 보고를 하였구나, 하는 생각에 각오를 하고 과장님 오시기를 기다렸다.

잠시 후 과장님께서 오셔서 나를 부르더니 사격 훈련과 관련된 지시를 하셨다.

일과가 끝날 무렵, 그 고참이 사무실에 들어왔다.

그는 나의 교육계 사수 다음으로 우리 과 고참이다.

그리고 과원들이 있는 자리에서

"오늘부터 나는 내무반에 내려갈 테니 초번 상황은 교육계가 보도록 하고 내일 아침부터 PT도 교육계가 각 중대와 참모부에서 인원 현황을 받아야 되니 교육계가 남는다."라고 말하였다.

그때부터 나는 부대의 모든 집합에서 열외가 되었다.

다음 날 나는 그 고참을 불러 고맙다고 하니 그는 오히려 주일 외박을 못 나가게 해서 미안하다고 사과를 하였고 나는 그에 대하여 그가 제대할 때까지 고참 대우를 깍듯이 하였다.

내가 벼르던 두 명의 고참 중 또 한 명의 고참은 그 고참에게 무슨 이야기를 들었는지 갑자기 나에게는 아주 친절하게 대하기 시작하여 먼저의 고참에게 한 것과 같은 행동을 하려다 그만두고 말았다.

몇 달 뒤, 작전 과장님이 새로 오셨다. 우리 부대의 3중대장을 하시다 작전과장으로 영전하셨다. 새로 오신 과장님은 전형적인 군인으로 작전과장으로 오셔서 아주 의욕적으로 새로운 많은 계획을 세우셨다. 나는 우리 교육계 사수가 제대하여 대대의 모든 교육 계획이 나에 의하여 만들어졌다.

나는 과장님께서 지시하시면 완벽하게 세부 계획을 작성하여 보고를 하기에 새 과장님의 신뢰를 받을 수 있었다.

그리하여, 내 계획에 의하여 부대 전투력 향상 계획, 태권도 심사 계획, 그리고 사격술 향상 계획이 만들어지고 각 계획의 시행 계획까지 만들어 전 부대원이 정기적으로 시행 계획에 의거하여 모든 분야의 능력을 점검하는 것도 내 업무였다.

그러다 보니 부대 내 내 영향력은 막강해질 수밖에 없었다.

사격이나 태권도 같은 것은 성적이 나쁠 경우 진급, 외출, 외박, 그리고 휴가까지 금지되는 것은 물론, 각 중대 간의 경쟁도 있기에 성적이 나쁜 사병은 소대 및 중대 단위의 기합도 강한 편이었다.

그러기에 매일 나에게는 이것저것 부탁하는 사병들이 많았으며 따라서 군기가 세기로는 대한민국 최고의 부대에서 나에게 만은 고참이라는 것이 없었다.

그러나 나는 수경사의 유격 훈련 기간 중에는 유격 훈련을 관리하는 교육

계였기에 얼마든지 유격 훈련을 빠질 수도 있었지만 나는 내가 먼저 유격 훈련 등을 받았으며 완전군장 구보 대회 등 고된 시합에는 언제나 솔선하여 참여하기도 하였다.

나는 이등병을 달고 작전과에 들어와서 특진에 특진을 거듭하여 군대 생활 9개월 만에 상병이 되었다. 그리고 또 몇 개월 뒤 병장을 달아 병장을 20개월 이상 달고 제대한 것도 아마 대한민국 국군 중 최초이자 마지막일 것이다.

하지만 나에게는 계급이라는 것은 아무것도 아니었다.

다만, 병장 봉급 975원 받는다는 것 외에는….

참고로, 당시는 진급이 잘 되지 않아 상병으로 제대하는 사병이 70%가 넘었다.

또한, 나는 각종 충무, 을지 비상 계획 등의 각종 비상 계획의 관리 등을 관리하는 전투부대 사병으로서는 최초로 2급 비밀취급인가증을 받기도 했다.

이렇게 막강한 끗발로 군대 생활을 한 나는 내 복무 기간 중, 실미도 남파 공작원 사건, 대연각 화재 사건, 대왕코너 화재 사건 등 대형 사건이 있었으며, 위수령, 그리고 10월 유신 계엄령 등을 겪었다.

나는 나의 군대 생활 중 몇 가지 기록을 만들 수 있었다.

첫째는 나는 군대 생활 중 훈련소부터 시작하여 제대할 때까지 불침번을 단 한 번도 서지 않은 대한민국 군인 중 유일한 군인이 아닐까 생각하며, 둘째는, 특진에 특진을 하여 병장 계급장을 20개월 이상 달았으며, 셋째는, 제대할 때까지 나보다 군번이 하나라도 적은 아랫사람에게는 기합으로 시작하여 기합으로 끝나는 수도경비사령부에서 빠따 한 대 안 때리고 제대한 유일한 사람일 것이다.

이렇게 낭인은 후회 없는 군대 생활을 하였고 또, 나는 이러한 군대 생활을 할 수 있었기에 그녀를 만날 수 있었고 또한 아름다운 추억을 만들 수 있었다.

천사와 낭인

1973

나의 제대는 그녀에게는 꿈의 시작이었다.

그녀는 내가 제대하기 전, 그녀가 세워 놓은 꿈을 하나씩 만들어 가고 있었다.

나와 함께 나가 옷을 산다든지, 나를 위해 요리를 한다든지, 나와 함께 노래를 부른다든지, 모든 것이 그녀에게는 행복이고 큰 즐거움이었다.

하지만 그녀와 함께하는 것이, 그리고 그녀가 행복해하는 것이 나에게도 그 무엇과도 바꿀 수 없는 행복이었고 그녀는 나에게 그 누구보다도 소중한 사람이지만 긴 시간을 혼자 하면서 낭인의 생활에 젖어 있던 나에게는 어떤 때는 지금의 생활이 가끔은 낯설게 느껴질 때도 있었다.

나는 지금껏 혼자 살아오면서 그리고 군대에서도 돈이라는 것에 대하여 별로 관심을 가져 본 적이 없었다.

돈이라는 것이 곧 현실이라고들도 하지만 내 주머니는 돈이라는 것이 있을 때보다 없을 때가 더 많았다.

하지만 돈이 없다고 어렵고 힘든 것도 없었다.

어디서든지 내가 가면 먹을 곳이 있었고 나에게 필요한 것은 오직 담배와 교통비 외는 아무것도 없었는데, 그러한 돈 정도는 체육관에서 또는 동생들로부터도 만들 수 있었다.

나는 다른 사람들처럼 옷에 대한 욕심도 없고, 그리고 또 다른 것에 대한 욕심 또한 전혀 없이 살아왔기에 돈에 대한 욕심은 전혀 없었다.

또, 모든 사람들이 '돈, 돈' 하는 것에 대한 역겨움 때문에 더더욱 돈에 대한 관심은 없었다.

이곳에서 그녀와 함께 있으면서도, 이 집이 누구의 집인지? 어떻게 살고 있는지? 그녀는 어떻게 생활을 하는지에 대한 것들은 낭인처럼 살아온 나에게는 아무런 관심거리가 되지 않았고 그러기에 그녀에게 묻지도 않았다.

다만, 그녀는 지금도, 그리고 부산에 가서도, 두 모녀가 무척 풍족한 생활을 하는 것으로 보았을 때 꽤 여유가 많은 집이라는 것은 알 수가 있었다.

어느 날, 제대 후 처음으로 동생들을 만나게 되었는데 동생들이 내가 군대서 제대하였다고 얼마의 돈을 봉투에 넣어 주었다.

그래서 집에 와서 그 돈을 봉투째로 그녀에게 주었더니, 그녀는 나에게 뜻밖의 돈을 받자 잠깐 놀라는 모습이더니 이내 봉투를 받고 감격하여

"여보, 이 돈, 당신이 나에게 준 돈이 아니고 당신이 아내에게 준 생활비라고 생각하니 저 눈물이 나려고 해요. 이 돈이 정말 우리가 부부라는 걸 느끼게 해 주는 거 같아요. 저 이 돈 평생 쓰지 않을 거예요."

나는 그저 아무 의미 없이 그냥 돈이 생겨서 그리고 나에게는 돈이 필요가 없어서 그녀에게 준 것뿐인데 그녀가 그렇게까지 생각하는 것을 보게 되고, 성의 없는 내 마음에 대하여 미안한 마음까지 들었다.

그리고 생활이라는 것과 가족이라는 것을 생각하게 되고 그에 따른 책임, 그리고 그 책임이라는 것에는 돈이라는 것도 포함될 수밖에 없는 것이구나, 라고 생각하게 되고 그러기에 나는 그녀를 위하여 지금까지와는 또 다른 것과의 승부를 하여야 되겠구나, 하는 생각을 하게 되었다.

우리는 제대 후 첫 주일날 명동성당에서 미사를 본 뒤 군대 가기 전에 자주 다니던 음식점에 들어갔다.

식당에 들어가자 나를 알아본 주인아주머니가 반색을 한다.
"어머 이게 누구야!"
내가
"안녕하세요?"
인사를 하자
"언제 제대했어?"
"며칠 전에요."
"그동안 한 번 오지도 않고 너무했어. 자 자리에 앉아."
우리가 자리에 앉자, 그녀를 본 아주머니가
"어머- 예쁜 아가씨네요, 나 ××이 이모예요."
하며, 아주머니가 말을 하자, 그녀도
"안녕하세요."

하며 인사를 한다.

그리고 자리에 앉자, 아주머니는 그동안 내가 명동에 자주 나왔다고 주위로부터 얘기를 들었는데, 우리 집은 한 번도 오지 않아 서운했다고 하시고 그간의 명동 이야기 등 이 이야기, 저 이야기 한참을 이야기하고 나서, 주문도 받지 않고 식사를 가지고 왔다.

우리는 식사를 다 하고 나서, 나는

"잘 먹고 갑니다."

하니, 아주머니도 자주 오라고 하고 우리는 밖으로 나왔다.

밖으로 나오자 그녀는

"왜 계산도 안 하고 나와요?"

하고 정색을 하고 묻는다. 나는 웃으면서

"응, 안 해도 돼."

"뭐예요? 그런 말이 어디 있어요. 전에 할머니 집에서도 그러더니 여기서도……. 안 돼요."

하더니, 다시 돌아가려 한다. 나는 그녀의 팔을 잡으면서

"여보, 알았으니 오늘은 그냥 가자."

부끄러웠다. 나는 내가 살아온 방법과 습관이 그녀에게는 충격이 될 수도 있을 것이라는 생각을 미처 하지를 못했다.

아울러 군대 가기 전에 했던 생활을 군대에 갔다 와서까지 한다는 것은 내 자신의 앞날에도 결코 도움이 되지 않는다는 생각을 할 수가 있었다.

제대 후, 나는 경영과 무역 실무를 배우기 위하여 H대에 청강생으로 들어갔고, 그녀는 바이올린과 첼로 두 악기의 개인 레슨을 받고, 또한 나는 학교

강의가 끝나면 몇 곳의 체육관도 다시 나가기 시작했다. 무교동 건물, 예전의 옥상 숙소 건물주에게도 제대 인사를 하러 가자 내가 여기 와서 계속 있으면 좋겠다고 하여, 다시 정리를 하고 하나하나 사회에 적응해 나가기 시작했다.

우리는 일주일에 한두 번은 강의와 레슨이 끝나면 명동이나 무교동에서 같이 식사를 하고 음악실이나 당시는 몇 개 없는 카페나 클럽에서 생음악을 듣기도 하면서 데이트를 즐겼다.

나는 내 주위의 동생들에게는 그녀의 존재를 알리지 않았는데 어느 날 남태평양인가 스타더스트인가 생각은 잘 안 나지만 라이브 홀에서 노래를 듣다가

"당신이 훨씬 잘 부르는 것 같다."라고 하니, 그녀가 웃으며

"제 눈에 안경이라고 하더니⋯."라고 하기에, 내가 지배인을 불러 밴드를 중지시키고, 싫다는 그녀를 억지로 피아노에 앉혀 노래를 부르게 했다.

그녀가 첫 곡으로 'White House'를 부르자 손님들의 앙코르가 터졌고, 그래서 내려오려던 그녀는 다시 피아노에 앉아 'Let It Be Me'를 부르자, 또다시 앙코르와 함께 이번에는 지배인이 한 곡 더 청하여 'The Wedding'(라노비아)을 불렀는데 그녀가 노래를 다 부르고 나자, 그때 대여섯 명이 앉아 있던 구석의 테이블에서 한 놈이 나와서 피아노에서 내려오는 그녀에게 자기들의 테이블로 가자고 하자, 그녀가 싫다고 거절하자, 억지로 끌고 가려는 것을 보고 내가 쫓아가서 그녀를 잡고 있던 놈의 얼굴과 복부를 주먹으로 가격하자 앉아 있던 놈들이 달려 나오다가 나를 보고, 움찔 놀라면서

"어- 형님."

하기에 보았더니, 군대 가기 전에 간간이 보았던 놈들이었다.

그놈들은 예전엔 내가 항상 검정색으로 염색한 군복에 군화를 신고만 다 녔기에 말쑥한 차림의 나를 알아보지 못했던 것이다.

그리고 그놈들 중 한 놈은 모 재벌의 아들로, 나보다 몇 살 위로 알고 있 지만 수많은 여자들을 건드려 나한테 바지에 오줌을 쌀 정도로 크게 한 번 혼이 난 적이 있던 놈이다.

돈을 물 쓰듯 뿌리며 쓰는 놈이기에 주먹깨나 쓰는 놈들을 항상 데리고 다니면서 누구한테든 안하무인이고 어느 업소든 최고의 고객이었기에 그 놈 마음대로였다.

그녀를 데리고 오라고 한 것도 아마 그놈의 짓일 것이다.

노래는 물론, 얼굴도 아름다운 그녀를 그놈이 가만둘 리가 없었다.

그놈은 여자가 남자하고 같이 있건 없건 상관하지 않는 망나니 같은 놈이 다.

나는 전에부터 그런 부류의 놈들과, 무교동의 월드컵과 엠파이어 등 밤무 대에서 일하는 연예인들과 종업원들을 괴롭히면서 돈을 뜯어내는 놈들은 가장 싫어하여 그런 놈들은 나이가 많고 적고를 떠나서 나를 눈엣가시처럼 제일 못마땅하게 생각하고들 있었다.

이놈들도 그런 부류들 중 한 패거리이다.

그놈들은 그녀가 다른 사람도 아닌 나의 여자라는 것을 알고는 사색이 다 되어 손님들이 많은 홀에서 선 채로 고개를 푹 숙이고 있었다.

그 자리에서 난처한 건 오히려 나였다.

그녀가 어찌 생각할 것인가?

순간적으로 떠오른 건 그 생각이었다.

또 그놈들에게도 야단이건 뭐건, 말은 해야 될 상황이고….

할 수 없이, 그놈들에게는 인상을 쓰면서 낮은 소리로

"너희들 내일 ××를 보낼 테니 내 옥상으로 와, 알았나?"

그들이 모두

"네."

하는 소리를 듣고 나는 자리로 갔다가 이내 나와 버렸다.

그녀는 아직도 놀란 표정이다.

나는 그녀를 데리고 가까운 다방으로 데리고 갔다.

"놀랬지?"

그녀는 대답 대신 고개를 끄떡인다.

그녀는 그놈들한테 놀라고 또 나한테 놀랐을 것이다.

할 수 없이 나는 사실대로 이야기해 주었다.

내가 운동하는 걸 알고 있는 그녀는 달리 생각지는 않았다.

그리고 내 성격에 그런 놈들은 가만두지 않을 것이란 걸 그녀가 먼저 알고 있었다.

여하튼, 이 일로 인하여 그녀의 존재가 명동과 무교동에서 ×× 형의 애인은 노래도 잘하고 아름답다고 알려지기 시작하였고, 따라서 그녀와 나의 활동 무대는 좁아지고 말았다.

또, 착하고 여리기만 했던 그녀는 나를 알고부터는 송정에서부터 지금까지 거친 세상도 알게 되고, 또 주위에서 나에 대한 얘기 등을 듣고 따라서 나에 대한 믿음이 더욱 커지고 또 그만큼 의지하는 폭도 넓어졌다.

   하지만 천성적으로 착하고 여린 그녀는 충무로의 클래식 음악감상실인 바로크에서 '나부꼬'를 듣다가 작은 소리로
"여보, 우리 잠깐 밖으로 나가요."
하기에 나와서 보니, 눈에 눈물을 글썽이고 있었다.
   그녀는 위층 휴게실로 가더니 구석 자리에서 기도를 하고 그제야 미소를 짓는 음악으로도 진한 감성을 느끼는 그런 여자였다.

   이렇게 그녀와 행복한 매일매일을 보내고 있던 어느 날, 나는 문득 지금의 생활에 대한 생각을 하여 보았다.
   예전에는 어떠한 목적도 없이 그저 하루하루를 덧없이 보내는 낭인의 생활이었지만 이제는 그녀와 함께하기 위한 기반을 만들어야 한다는 목적을 위하여서도 지금 그녀와 하루하루를 보내는 시간이 결코 도움이 되지 않는다는 것을 느꼈기 때문이다.

   나는 무교동 옥상 방을 정리하고부터는 가끔 무교동에서 지냈다.
   그녀는 내가 무교동에서 지내는 날이 많아지자 처음에는 집에서 자거나 사람들하고 만나서 술을 마시고 호텔에서 자거나 하겠지, 라고 생각하였다가 내가 무교동 옛날 숙소에서 지낸다는 얘기를 듣고 자기도 가서 보겠다고 하도 조르는 바람에 할 수 없이 옥상 방으로 데리고 오자 이곳의 열악한 환경을 보고 놀라면서
"왜 삼청동을 놔두고 여기서 생고생을 해요? 당장 집으로 가요!"
하기에, 나는

"여보, 나도 당신하고 항상 같이 있고 싶지만 아직은 아닌 거 같아. 내 마음이 편하도록 해 주면 안 되겠니?"

그러자, 내 말에 그녀는 금방 눈물을 글썽이며

"왜? 나하고 있으면 마음이 편하지 않나요?"

"아니, 절대로!"

"그럼 왜 그래요?"

"글쎄, 나도 모르겠어."

"좋아요, 그럼 나도 여기 와서 같이 있을래요."

"안 돼! 당신이 여기 어떻게 있어!"

"왜요? 당신은 있는데, 나는 왜 못 있어요? 당신 있는 곳이면 전 어디라도 있을 수 있어요."

나는 어찌해야 할지 난감했다.

나는 다시 한번 그녀에게 얘기했다.

"여보, 나 당신하고 같이 있다가 나오면 또 금방 당신이 미치도록 보고 싶어. 이곳에서 잘 때도 당신이 보고 싶어 삼청동으로 달려가고 싶은 마음이 수없이 생기곤 해. 하지만 우리들의 내일을 위하여 그때마다 그 고통을 삭이고 있어. '내가 이런 것 하나 이겨 내지 못하고 어떻게 당신과 같이 있을 수 있겠냐!' 하면서 견디고 있어. 이런 거 하나 못 이기면 난 남자도 아니야. 내가 진정한 남자가 될 수 있도록 당신이 도와주면 안 돼?"

내 말이 끝나자, 그녀는 아무 말이 없이 고개만 숙이고 있다. 그러더니

"여보, 우리 결혼하면 안 돼?"

갑자기 생각지도 않은 그녀의 말에, 내가 웃으면서

"여보, 나는 아직 결혼할 형편이 안 돼. 나 혼자 같으면 그까짓 형편 따윈 신경도 쓰지 않지만, 나에게는 지금껏 신경도 쓰지 않았지만 이제는 군대까지 다녀왔으니 아버지의 짐을 덜어 드려야 할 의무가 있어."

"제가 도와드리면 안 되나요?"

"여보, 제발…. 자꾸 그러면 나 화낸다!"

"왜 그래요? 내가 남이 아니잖아요."

"여보, 우리 조금만 참자. 내가 해낼 테니깐!"

결국 그녀가 지고 말았다.

대신 일주일에 3일은 삼청동에 가서 자기로 하고 가까스로 이곳에 지내는 것을 그녀로부터 허락을 받을 수가 있었다.

그녀는 작은 침대와 책상, 그리고 내가 필요한 것을 하나하나 챙겨서 준비해 주고 수시로 와서 빨래를 가져가고 어떤 때는 도시락을 싸 와서 함께 먹기도 하면서, 그리고 어떤 때는 도심의 한가운데서 밤하늘을 쳐다보며 함께 밤을 보내기도 하면서…….

이렇게 나는 천사의 도움으로 점차 낭인의 껍질을 벗어 가고 있었다.

도전의 첫 작품

$$\overline{1974}$$

　나는 낭인의 허물을 하나씩 하나씩 벗으면서 그녀와의 새로운 삶을 위하여, 또 새로운 도전을 위하여 사회의 모든 상식과 지식을 얻기 위하여 밤낮없이 노력을 하였다.

　학교에서도 내 분야의 강의 외에도, 저것도 필요할 것 같다 생각하면 어디든 들어가서 강의를 들었다.

　예를 들어서 마케팅 전략에 있어 사회심리학은 매우 중요할 것으로 생각이 들면 심리학 강의도 듣고, 이런 식으로 그간의 낭인 생활 속에서 비어 있던 머릿속을 채워 나가고 있었다.

　또한, 각 사업체들의 사업 분석과 또 나 같으면 이렇게도 하여 볼 텐데 하고 생각하면 내 생각의 사업적 효과를 나름대로의 시뮬레이션을 만들어 분석도 하여 보고, 그리고 모든 아이템을 찾아 해당 아이템에 대한 우리나라의 시장 규모 등 경제 전장의 모든 정보를 닥치는 대로 수집하고, 익히고 또 분석하고 하면서 경제 분야의 지식을 쌓아 가고 있었다.

내가 배우고 익히는 모습을 본 그녀는 매우 놀라면서

"당신이 중학교 때 수업 시간에 교실에서 떠드는 학생은 혼을 내었다고 하면서, 당신이 있으면 교실이 조용했다는 것과 또, 결석을 그렇게 많이 하고도 학교 성적이 좋았다는 것이 이제 이해가 되네요."

하기에, 내가 웃으면서

"그럼 당시에 내가 한 말은 모두 허풍으로 들었단 얘기네?"

라고 말하니, 그녀는 깔깔 웃으면서

"맞아요." 하고 대답해서, 우리는 또 한바탕 웃고 말았다.

내가 제대를 한 지도 어느새 1년이 지나고 이제 2번째 봄을 맞이하고 있었다.

우리는 시간이 지날수록 그녀와 나는 더욱 하나가 되어 서로가 서로를 닮아 가는 것 같았다.

부산 어머니는 보실 때마다 처음에는 결혼 말씀을 하시더니 이제는 나의 마음을 헤아려 주셔서 그 말씀을 안 하시는 대신 이제는 빨리 아기라도 낳으라고 성화시다.

어머니는 그녀의 성격이 매사 자신감이 있고 밝아진 것을 아주 좋아하시고 항상 나에게 고맙다고 하신다.

한 달에 2번 정도 부산에 내려가면 나는 이제는 완전히 아들이다.

나도 부산 어머니를 그냥 어머니라고 부른다.

내려만 가면 언제나 하루를 가지고 어머니와 싸움이다.

어머니는 하루만 더 있다 가라고 사정했다가 그것이 통하지 않으면 또 협박이 나온다.

나한테는 우리 딸 안 주겠다 하시고, 그녀에게는 생활비를 반으로 줄이겠다든지, 아예 안 보내 주시겠다느니 하시면서 협박까지 하신다.

그래서 어머니의 애교 있는 협박에 언제나 절반은 우리가 지고 만다.

그래서 우리는 부산에 갈 때는 항상 3일을 있을 것을 예상하고 스케줄을 만들어 놓고 부산에 가면 어머니에게 "모레는 올라가야 됩니다."라고 말씀드린다.

그 전략은 매우 훌륭하여 어머니는 항상 만족이시다.

그녀와 나도 올라올 때는 항상 가벼운 마음으로 올라올 수 있고……

나는 이제는 시작할 때가 되었다.

먼저 사업 구상의 전제는 1등이어야 한다.

2등은 싫다.

누가 한 사업은 아무리 좋더라도 따라 하기는 싫다.

이것이 나의 사업에 기본이다.

나는 그간의 노력으로 얻은 나의 지식으로 수십 개의 방정식을 만들기 시작했다.

최종 결과를 x로 하여 그 x를 풀기 위하여 y와 z를 만들고, 이런 식의 방정식을 피라밋식으로 풀어 나갔을 때 마지막 답을 얻을 수 있는 사업이면 그 사업은 가능성이 있는 사업일 것이다.

그러한 사업을 몇 개 찾아서 최종적으로 선택된 사업을 가지고 최초의 승부를 해 보기로 하였다.

그리하여 구상 사업의 기본 요소는 다음과 같이 정하였다.

첫째, 우리나라에서는 최초인 아이템이어야 하고,

둘째, 마케팅적인 매력을 모든 사람들에게 줄 수 있고,

셋째, 마케팅 계층의 폭이 넓고,

넷째, 공급자, 소비자, 그리고 운용자 모두에게 만족을 주어야 하고,

다섯째, 사업의 성격에 공익적 명분이 있는 사업이 바람직하고,

여섯째, 위 모든 것을 안고 있으면서도 수익성의 좋아야 할 것이다.

이러한 전제 아래, 내가 그동안 조사한 사업을 분석하여 무역 분야, 오퍼상, 마케팅 서비스, 유통 등 몇 가지 분야 중 위의 기본 요소의 방정식을 만들어 풀기 시작하였다.

한 분야당 과정, 과정의 해답을 x로 만들고 그 x를 풀기 위하여 y와 z를 만들고 그 y나 z의 답이 나오지 않으면 또다시 y와 z의 답을 구하기 위한 x를 또다시 만들고, 이렇게 숫자가 아닌 실체적 방정식을 만들어 한 분야당 수십 개의 방정식을 만들며 풀어 나갔다.

결과, 유통 분야와 마케팅 서비스 분야의 방정식을 모두 풀 수 있었고, 그래서 최종적으로 결정한 것이 마케팅 서비스와 관련한 Credit Card와 Blue Chip을 연결한 사업계획을 만들기로 하였다.

Credit Card는 미국 등 외국에서는 활성화가 되어 있으나 당시 우리나라는 신용카드라는 것은 시행에 꿈도 꾸지도 못하던 시절이었다.

또한, Blue Chip Stamp는 미국에서 시작하여 일본에서는 Green Chip

Stamp라는 이름으로 모두 활성화되어 있던 유통 분야의 서비스 사업이었다.

이 사업은 당시 재일 교포가 일억 원(참고로 당시 금 한 돈이 2,000원대였음)이라는 당시로서는 거액의 자금을 투자하여 당시 명동 입구에 있던 코스모스 백화점 빌딩 제일 상층에 사무실을 만들어 Blue Chip 사업을 시작하였다.

Blue Chip이라는 것은 우표처럼 생긴 Blue Chip Stamp를 Blue Chip Stamp 가맹점에서 물건을 사면 일정 금액당 1매씩 주게 되며, 그 Blue Chip stamp를 어느 정도 모았을 때는 모은 매수에 따라 다양한 상품과 교환할 수 있도록 한 마케팅 서비스 상품이었다.

그러나 막대한 자금을 들여 시작한 우리나라의 Blue Chip 사업은 고전을 면치 못하였다.

그 사업이 국내에서 실패한 원인을 분석을 하였을 때, 첫째는 우리 국민의 잔돈에 대한 인식에 문제가 있고(이는 우리나라 국민은 외국 사람에 비하여 잔돈에 대한 인식이 그렇게 중요치 않게 생각하는 데 문제가 있었다. 외국인들은 동전 하나라도 지갑에 넣고 소중하게 생각하지만 우리나라 사람들은 아주 적은 돈은 우습게 생각하는 경향이 많았다.), 둘째는 최초 이용 고객의 선정이 잘못되었다. 이는 Blue Chip Stamp가 국내에 처음 들어왔을 때, 최초의 가맹점들은 문방구와 소규모 상점이 대부분이었다. 그러다 보니 최초의 이용 고객이 대부분 어린 학생들과 당시에는 '식모'라고 불렸던 지금의 가정부로서 대부분이 어린 소녀들이었는데 이들이 주 고객이었다.

마케팅이란 아무리 좋은 물건이라도 최초의 고객이 하류층일 경우 그 물건은 하류층 선에서 마케팅이 끝나 버리는 것이 대부분이다. 반대로 좋지 않은 물건일지라도 그 물건의 최초 고객 계층이 상류층이라면 중, 하류층의 사람들도 그 물건을 사기 위하여 혈안이 될 것이다.

이와 같이 마케팅에 있어 최초의 고객 선정이 중요한 것임에도 Blue Chip Stamp는 그 과정에서부터 실패를 하고 만 것이다.

이러한 이유로 Blue Chip Stamp Project는 다른 나라에서는 크게 활성화되었음에도 불구하고 우리나라에서는 실패하고 만 것이다.

또한 Credit Card는 앞으로는 국내에서도 언젠가는 도입하여야 할 Project로, 나는 이 Credit Card와 Blue Chip Stamp를 한데 묶어 이를 국내에서 시행할 수 있도록 사업계획을 만들기로 하였다.

Credit Card는 신용카드로서 외국에서는 은행권을 중심으로 신용이라는 것이 대중화되어 있지만 우리나라는 그 단계까지는 아직도 먼 훗날이나 가능한 이야기이기에 나는 예로부터 우리나라의 거래의 한 수단인 외상 거래를 기본으로 하여 우수 업소를 우선 선정하여 그 업소에서 Credit Card 회원을 추천할 수 있도록 하고 회원들은 신용카드로 구매 시 일정 금액 이용 시마다 Blue Chip Stamp를 주어 신용카드 이용에 활성화를 꾀할 수 있도록 하였으며 또한 결제는 지정일까지 지정 은행에 입금하도록 하였다.

이러한 구상을 한 나는 좀 더 많은 자료를 확보하기 위하여 외국의 Credit Card에 관한 자료를 얻기 위하여 대사관이나 또는 외국에 나가 있는 사람들을 수소문하여 관련 자료들을 보내 달라고 부탁도 하고 미8군에 가서 시어즈 카탈로그나 Blue Chip Stamp 카탈로그 등을 구하여 그들의 마케팅 전략을 분석하는 등 열악한 나의 주변과 방법을 총동원하여 계획을 만들어가기 시작했다.

또한, 추정손익계산서 등을 만들기 위하여 관련 지식을 대학이나 도서관 등을 다니며 배우고, 그러면서 생소한 적에 대한 도전을 시작하였다.

내가 사업계획을 만들려고 혼신의 노력을 다하는 것을 본 그녀는 매일매일 나에 대하여 놀라는 눈치였다.

하기사, 낭인인 내가 생소하기만 한, 그리고 전공을 한 전문가도 어려운 사업계획을 만든다고 하니 처음엔 정말 계란으로 바위를 깨는 것과 같은 생각을 하였을 것이다.

그러나 내가 사업계획을 작성하면서 그녀에게 소비자 측면에 의견을 묻는 일도 많이 있었다.

그러다 보니 그녀도 약간씩 나의 계획을 알게 되었고 차차 흥미까지 보이면서 어떤 때는 자신의 의견을 얘기할 때도 있었다.

이러한 노력으로 낭인의 작품은 차차 완성되어 나갔고, 과정에 나는 새로운 많은 것을 배울 수 있었다.

드디어, 계획을 세운 지 약 4개월이 지나서 사업계획을 완성할 수 있었다.
나는 '스미스 코로나' 한글 타자기를 구입하여 계획서를 치기 시작하였다.
타자는 군대에 있으면서 사령부에서 전화로 불러 주는 '전언통신문'을 곧

바로 타자기로 칠 정도로 익숙하였기에 사업계획서를 만드는 데 큰 도움이 되었다.

작업이 끝나자 제일 좋아한 건 내가 아니라 그녀였다.

그날, 우리는 나의 초라한 옥상 방에서 조촐한 파티를 열었다.

파티를 하기 전 우리는 완성된 계획서를 각각 1부씩 보면서 내용과 오타 등 마지막 점검을 하였고, 사업 내용에 대하여서도 나는 가맹점 관점에서, 그녀는 소비자의 관점에서 냉정하게 생각하면서 보기로 하였다.

120여 페이지의 계획서는 우리의 꿈이 담겨져 있기도 하였다.

긴 시간 동안 계획서를 다 보고 난 그녀는

"여보, 당신 정말 대단해요."

하면서 그녀가 더 좋아한다. 그 한마디로 지금까지 나의 고생은 일단 보람을 찾은 기분이었다.

"당신이 더 고생했어!"

내가 말하자, 그녀는

"여보, 여보, 내가 그때 명다방에서 당신이 나비를 날렸을 때, 내가 당신에게 눈으로 나비를 날리지 않았다면 당신은 지금 내 곁에 없겠지?"

하고 웃는다.

그녀는 나를 만나고 나서 유머도 아주 잘한다. 나는 웃으며

"당연하지, 그랬으면 나는 지금 이 고생 안 하고 배낭 메고 유람하고 있을 텐데."

우리 두 사람은 다시 한번 그때를 생각하면서 비록 초라한 옥상 방이지만 가장 화려한 둘만의 파티를 즐겼다.

며칠 뒤, 나는 경영 분야에 권위가 있고 기업체에 자문도 많이 하시는 교수님께서 계획서를 검토하여 주시기로 하여 그녀와 함께 교수님을 찾았다.

나에 대하여 조금은 알고 계시는 교수님은 계획서를 보시고, 일단은 목차를 보시더니 그것에 놀라시고 또, Credit Card란 단어를 보고 놀라시는 것 같았다.

교수님께서는 내용을 대강 보시더니

"이 계획서는 자세하게 보아야 될 것 같은데 나한테 며칠 시간을 주시게. 검토한 후 연락을 주겠네."

그래서 나는

"교수님, 감사합니다. 그럼 부탁드리겠습니다."

하고 교수님실에서 나왔다.

교수님실을 나와 캠퍼스 교정을 걸어 나오면서 그녀는 장난꾸러기처럼 웃으면서

"여보, 당신은 명동이나 무교동보다 캠퍼스가 더 어울리는 거 같아요?"

"뭐? 나 놀리는 거야?"

"아녀요, 교수님하고 대화도 아주 잘하시던데요."

"아니야, 나 절대로 내 체질하고는 맞지가 않아."

"호호호, 아니! 정말 당신은 지킬 박사와 하이드예요."

그녀는 뭐가 좋은지 계속 생글거린다.

7월의 하늘은 눈 부신 태양을 안고 있으면서 그녀의 마음처럼 맑고 깨끗했다.

며칠 뒤, 그녀와 나는 다시 교수님실을 찾았다.
교수님은 우리를 반갑게 맞아 주셨다.

손수 커피를 타서 우리들에게 준 교수님은 말씀하셨다.
"참 부럽다. 이러한 사업이 사업적으로 승산이 있는 사업인데, 경영을 전공한 우리들은 이러한 사업계획을 절대로 만들 수가 없다. 왜냐하면 이러한 계획은 정통 경영학을 무시하고 세워진 계획이기에 우리는 만들 수가 없는 것이지."
그 말을 들은 나는 부끄러워서
"교수님, 그렇다면 이 계획서는 기본과 원칙이라는 것은 없는 계획서라는 말씀이군요."
그러자 교수님은
"아니, 절대로 아닐세. 이 계획서는 구상에서 기획까지 완벽한 계획서라네. 그리고 Credit Card와 Blue Chip Stamp의 조합은 정말 멋진 구상일세. 하지만 시행에는 국내에서는 아직 시기상조가 아닐까? 생각하네. 그러나 이 말은 마음에 두지 말게. 교수라는 사람들은 나를 포함해서 거의가 자신이 만든 논문 외에는 모두 헐뜯는 것이 습관이 되다 보니 모든 것을 일단 부정적으로 본다네. 하지만 이 계획서는 아주 잘 되어 있네. 기획에 전문가라도 이 이상 만들기는 힘들 걸세."

나는 교수님의 칭찬에 기분이 좋은 것이 아니라 최초의 승부에서 일단은 내가 이길 수도 있다는 것에 대한 만족감이 나를 즐겁게 한다.

나는 교수님께

"교수님, 과찬이십니다. 하지만 감사합니다."

그녀도 기분이 좋은 표정이었다.

그때, 교수님께서

"나 자네에게 부탁이 있네."

나는 의아해하면서

"예? 저에게요? 말씀하세요, 교수님."

"염치없는 부탁이지만, 이 계획서 내가 교재로 쓰면 안 될까?"

나는 잠깐 혼란스러웠다.

하지만 곧

"교수님, 그렇게 하세요. 제가 영광이네요."

나는 쾌히 승낙했다.

그래서 나의 첫 승부는 이렇게 마무리가 되었다.

교수님과의 만남이 끝난 뒤, 밖으로 나오자 그녀는

"그러면, 사업하기가 어렵지 않아요?"

"응, 그렇겠지. 하지만 기분이 좋아!"

"왜요?"

"일단은 나도 할 수 있다는 자신을 얻은 것이 가장 중요한 수확이야."

"정말, 당신은 대단해요."

"그건 또 무슨 말이야?"

"어떻게 그렇게 고생해서 만든 계획을 순간에 간단히 버릴 수 있어요?"

"하하, 내가 버렸다고 생각해? '천만에!' 이렇게 함으로써 이제 그것보다 더 좋은 계획을 만들 수 있잖아."

"이제, 진짜 승부는 지금부터야!"

방학을 앞둔 캠퍼스의 학생들은 모두가 활기찬 모습이다.

내 손을 꼭 잡고 걷고 있는 그녀의 손에 힘이 쥐어지고 있었다.

언덕 위에 하얀 집

1974

첫 번째 승부를 마치고 몇 달을 보낸 나는 두 번째 승부를 위하여 대상을 찾기 시작했다.

나의 승부에 그녀는 이제 훌륭한 파트너이다.

같이 다니다가도 어떠한 대상을 발견하거나 생각을 하면, 저거는 이렇게 하면 어떻겠니? 하면, 그게 좋겠네요, 라든지, 이러 이렇게 하면 더 좋을 것 같네요, 라든지 자신의 의견도 조리 있게 나에게 이야기하여 준다.

그녀도 이제 새로운 것을 만든다는 것에 대한 흥미를 단단히 가진 것 같다.

한동안 나는 삼청동에서 그녀와 함께 지냈다.

어느 날 저녁, 저녁 식사를 마친 우리는 소파에 앉아 음악을 들으면서 커피를 마시고 있었다.

내가

"아- 편안하다."

그러자, 그녀도

"나도요, 나도 지금 이런 시간이 제일 좋아요."

나는 그녀의 얼굴을 쳐다보면서

"여보, 내 꿈이 뭐였는지 알아?"

그러자

그녀는 호기심 있는 눈으로

"뭔데요?"

"흐흐, 말하면 당신 도망갈 것 같은데!"

"아-이, 뭐예요?"

나는 진지한 얼굴로

"나는 말이야 여보, 사실 이 도시가 싫어. 조용한 시골에서 가축도 기르고, 농사도 짓고 하면서 사는 게 꿈이야! 그래서 내가 군대 가기 전 시골로 여기저기 다니는 무전여행을 좋아한 거야."

라고 말하니, 그녀가 갑자기 나를 껴안으면서

"여보, 당신 어떻게 나하고 똑같은 꿈을 갖고 있어요? 아- 정말 우리는--."

하면서 말을 잇지 못한다.

나는 뜻밖이었다.

모든 사람들이 남녀 가리지 않고 농촌을 떠나고 있다.

더군다나 그녀는 음악을 전공하면서 이것저것 레슨도 받고 또 생활도 부유한데 시골 가서 살 리가 없겠지. 그녀가 좋다면 내 꿈을 버리더라도 그녀와 함께하는 것이 내 생각이었다.

그런데 뜻밖에도 그녀도 시골에 가서 사는 것이 꿈이란다.

그녀는 매우 기뻐하면서, 어린아이처럼

"여보, 나는 시골에서 살면서 어린아이들로 구성된 연주단을 만들어 자연에서의 연주를 하는 것이 꿈이에요."

나는 그녀의 예쁜 볼을 쓰다듬으며

"당신은 모두가 예쁜 여자야."

그녀는 아주 들떠서

"엄마는 매일 나한테 뭐라고 해요. 그래서 야단도 많이 맞았어요. 너 그래 가지고 어떻게 시집을 가려고 그러느냐! 하시면서. 그런데 당신 만나서 할 수 없이 그 꿈을 버리려 했는데…. 아——— 너무 기쁘고 좋아요."

"허, 나하고 똑같은 생각을 했네. 나도 당신 땜에 시골이라는 것을 버리려 했는데."

"나는 시골에다 나지막한 언덕 위에 하얀 집을 짓고 조용하고 평화롭게 사는 걸 항상 꿈꾸어 왔어요. 그래서 내가 '비키의 화이트하우스'를 제일 좋아해요."

하면 나는 새로운 계획을 만들어야 되겠구나, 라고 생각했다.

방정식의 답은 '단기간의 승부'이다.

단기간의 승부라면 당시로서는 부동산, 무역, 그리고 장사밖에 없다.

오퍼상을 하고 싶어도 당시에는 거의 모든 품목이 수입 금지품이었다.

부동산은 누가 억만금을 준다 해도 내가 가장 싫어하는 업종이기에 싫었다.

*

그것은 제대하고 나서 언젠가 동생 녀석들이

"형님, 요즘 강남에 부동산 붐이어서 부동산 하려고 여기 아이들도 강남으로 많이 갔어요. ××는 엄청나게 번 것 같아요.”

“그래?”

그래서 그 후 동생들과 강남에 가서 ××라는 동생을 만났는데 이 녀석은 자가용에 예전하고는 완전히 변한 모습으로 나타났다.

녀석은 거드름을 잔뜩 피우고 목에 힘을 주면서 나에게 인사를 했다.

나는 그놈의 거들먹거리는 것에 속이 뒤틀렸으나 그녀를 생각하면서 꾹 참았다.

“형님 잠깐만 기다리세요, 좋은 사람 하나 소개할게요.”

그리고 동생 놈들끼리 이 얘기, 저 얘기 하는 중에 웬 여자들 3명이 들어와서 ××와 인사를 하더니 우리 자리에 앉았다.

모두 30대 초반으로 보이는 여자들로 차림새도 사치하고 모두가 예쁜 얼굴들이었다. ××는 그 여자들을 나에게 소개시키면서

“형님, 이 누님들 말씀만 잘 들으시면 됩니다.”

“그게 무슨 말이냐?”

잠깐의 대화가 있은 후, 그 여자들은 숙맥처럼 보이는 내가 무척 마음에 드는 모양이다.

“형님은 누님들하고 한 두어 번만 다니시면 아마 부동산에 대하여 바로 알게 되실 겁니다.”

당시 강남은 부동산 붐이 터졌고 여기저기 아파트가 세워지고, 도로가 생기기 시작하여 그야말로 ‘엘도라도’였다.

어떤 때는 좋은 땅을 서로 잡으려 폭력배까지 동원해 방해를 놓고, 어떤 놈들은 주인 없는 땅을 찾아 자기 것으로 팔아먹고, 거기다 돈깨나 있는 복부인들은 복부인들대로…….

여자들은 ××란 놈이 형님, 형님 하는 나에게 관심이 많은 것 같았다.

나는 그 여자들의 이야기와 ××와 그녀들과 하는 이야기를 듣고 어느 정도 느낌이 오고 있었다.

그녀들이 ××보다 한참 나이가 위인 것 같은데….

내가 가장 혐오하는…….

한 여자가 나에게 말을 걸어왔다.

"오늘 저녁에 시간 되시죠?"

나는 대답 대신 그 자리에서 일어났다.

그리고 ××란 놈에게

"야, 이 새끼야! 다음부터는 목에 힘을 빼고 얘기해! 알았냐?"

하고 밖으로 나왔다.

나는 자리에서 얘기를 듣자니 ×× 놈하고 한 여자하고는 서로 말투나 호칭으로 보았을 때 깊은 사이인 것 같았다. 나는 남녀 관계에 있어 여자건 남자건 어떠한 도덕적 기본을 무시하면 내가 고루한 건지는 모르겠지만 그런 사람들을 가장 혐오하고 있었다.

나는 동생 놈들 중 이 여자 저 여자들을 건드리고 다니는 놈은 잡아다

"야 이 새끼야! 책임도 못 질 놈이 착한 여자들은 왜 건드려! 하고 싶으면 가서 돈 주고 해, 새끼야!"

하면서 혼을 내곤 하였기에 적어도 나를 따르는 운동하는 동생들은 그 부분은 깨끗한 편이었다.

그런 나였기에 그런 자리는 앉아 있기조차 싫어서 자리를 박차고 나온 것이다.

그다음부터는 부동산에 '부' 자만 나와도 나는 고개를 저었다.

*

그리고 무역은 아직 내가 그 분야는 잘 모르는 것도 많이 있지만 기반도 없다.

마지막으로 장사는 농장을 할 수 있는 큰돈을 만지려면 단위가 큰 상품이어야 하고, 또 적어도 몇 번은 거래가 이루어져야 할 것이다.
그러면 그러한 상품은?
구입처는?
판매처는?
이제부터는 생활하면서 매일 이 답을 풀어야 한다.

그녀는 저녁만 되면 행복의 나래를 편다.
"우리 어디에 만들까요?"
"우리 농장에 무엇을 심을까요?"
"우리 농장에 무엇을 키울까요?"
"넓이는 얼마나 되는 게 좋을까요?"

가장 즐거울 때는 우리 집이다.

"우리 약간 언덕배기에다 지어요."

"그리고 하얀색으로 해요."

"주위에는 예쁜 나무를 가득 심구요."

"연주하고, 연습할 수 있는 큰 방도 만들어 줘요."

"방에는 꼭 그랜드피아노 놔 주셔야 돼요."

그러면, 내가

"이 욕심꾸러기!"

라고 하면

"전 앞으로 살 우리 농장 얘기만 해도 행복해요."

그건 나도 마찬가지다.

그녀의 얘기를 듣고만 있지만 그녀가 하나하나 얘기를 할 때면 나도 마음이 들뜨고 즐겁다.

우리는 이렇게 매일매일 우리의 농장을 만들어 가면서 행복도 함께 만들어 가고 있었다.

오늘은 광복절이다.

우리는 오늘 부산에 가서 주말을 보내고 다음 월요일에 올라오기로 계획을 세웠다.

그래서 늦은 아침 식사를 끝내고 부산을 가기 위하여 준비를 하던 중, TV에서 육영수 여사의 총격 소식을 보았다.

그녀는 준비하던 손을 멈추고 얼굴이 하얗게 질렸다.

그리고 눈물이 글썽인다.

"어떻게, 이런 일이 있을 수 있죠?"
나도 이 믿기지 않은 소식에 한동안 멍하니 있을 수밖에 없었다.

그녀는
"여보, 우리 오늘 가지 말아요."
"그래, 다음에 가도록 하자."

그녀는 부산 어머니에게 전화를 하였다.
부산 어머니도 소식을 듣고 놀라신 것 같았다.

나는 정치라는 것은 관심도 없고 또 알고 싶지도 않은 사람이지만 육영수 여사님은 달랐다.

군대에서 몇 번인가 여사님과 근혜 양이 부대에 와서 테니스를 치던 모습이 생각이 났다.
여사님은 테니스를 치러 오셔도 활동하기 편하게 보이는 롱 드레스를 입고 오셔서 테니스를 치셨다.
오셔서도 항상 인자한 미소를 지으시던 분이셨는데…….

정말 우리의 세상에는 왜 이런 일이 끊이지 않고 일어나는 것인지, 하루 빨리 시골에 들어가고만 싶었다.
그녀도 계속 눈물을 글썽이며 아무 말이 없다.
여린 마음의 그녀에겐 커다란 충격일 것이다.
나는 소파에 앉아서 그녀를 안고 손으로 등을 가볍게 두드려 주었다.

그녀는 마리아상 앞에서 장궤를 하고 기도를 드리기 시작했다.

"여보 당신도 제 옆에 와요."

조용히 말하지만 거역할 수 없는 그 무엇이 있었다.

나도 그녀의 옆에 장궤를 하고 그녀를 따라서 기도를 하였다.

'육 여사님께서 일어나시기를 바라면서….'

한참 뒤 기도를 마친 그녀는 부산에 가려고 준비했던 것을 치우고 방을 정리하였다.

"여보, 왜 이래야만 되는 것이죠? 정말 세상이 싫어요. 우리 빨리 시골로 들어가요, 네?"

그녀가 내 생각과 똑같은 말을 했다.

그날 저녁, 우리는 육영수 여사님의 서거 소식을 들어야 했고 그녀는 또 눈물을 흘렸다.

그녀와 나는 조문을 하고 온 다음 장례식이 거행된 19일까지 집에서 조용히 지내며 '인자하셨던 고인을 추모했다.'

이후, 우리는 시골로 들어가는 계획을 앞당기기로 하고 나도 무교동과 명동의 지인들을 만나 아이템 선정을 위한 노력을 계속하였다.

한편 그녀는 나도 여건만 되면 하루라도 빨리 시골로 가겠다고 하니 기뻐서 매일 시골에 가서 살 계획을 세우느라고 난리다.

그러던 중 우리에게 뜻하지 않은 행운이 찾아왔다.

지난번 육영수 여사님 서거로 가지 못했던 부산을 8월 하순에 가게 되었다.

부산에 가서 그녀가 어머니에게 우리가 시골에 들어가기로 하였다고 말씀드리자 반대하실 줄 알았던 어머니는 나도 조용한 시골에서 농장을 하는 것이 최종적인 꿈이라고 말씀드리자, 그녀가 시골, 시골 하여 걱정하였는데 나도 그렇다고 하니 오히려 기뻐하시면서

"그럼 창원 가는 쪽에 우리 땅이 있으니 그리로 가면 어떻겠느냐?"

하시는 뜻밖의 말씀에 그녀와 나는 잠깐 '멍'할 수밖에 없었다.

그곳으로 가면 어머니도 가까이 계시니 외롭지도 않으시고 너무도 좋을 것 같았다.

그리고 땅도 논과 밭 그리고 과수원과 임야, 이렇게 무척 넓은 면적인데 지금은 소작을 주고 있는 상태라고 하였다.

그녀도 그것은 알지도 못했던 땅이었는데 그 사실을 알고 너무도 좋아했다.

우리의 꿈이, 더 이상 꿈이 아니고 현실이 되는 순간이기도 하다.

우리는 다음 날 바로 땅을 보러 출발하였다.

땅은 논과 밭이 약 12,000평, 과수원이 약 10,000평 그리고 임야가 48,000평이었다. 말이 임야지 완만한 경사에 얼마든지 개발이 가능한 야산이었다.

우리들이 꿈을 펼칠 수 있는 충분한 면적이었다.

우리는 지적도와 지역 지도 등을 구해 서울로 올라왔다.

서울로 와서도 그녀는 너무 기뻐서 어쩔 줄 몰라 했다.

더구나 현장에 갔을 때 지금 구옥이 있는 땅이 위치도 좋고 면적도 넓고,

더욱이 마음에 들었던 것은 그곳에는 멋있게 자란 고목들이 많이 있었다.

그곳에 우리들이 꿈꾸던 집을 지으면 너무도 아름다울 것 같았다.

우리는 머리를 맞대고 가축은 무엇 무엇을 기르고 축사는 어디에 만들고, 논밭에는 무엇을 심고, 또 집 앞에는 널찍한 잔디밭과 아름다운 조경수를 심어 주위의 고목과 조화를 맞추고, 그러면서 이제는 꿈이 아닌 실질적인 세부 계획을 세우기 시작했다.

계획에 가장 중요한 부분은 우리들의 집이었다.

그녀와 나는 2층으로 짓기로 하고 아래층은 거실, 주방, 욕실, 침실 그리고 연주실 겸 연습실을, 2층에는 우리들의 공간으로 거실, 침실, 욕실을 만들고 베란다를 크게 만들기로 최종적으로 확정하고, 우리는 우리의 White House 외관 디자인과 평면도를 둘이서 머리를 맞대고 시간 가는 줄도 모르고 몇 번이고 그려보기도 하였다.

어느 날 그녀가

"여보, 우리 바로 내려가도 되지 않아요?"

그녀는 하루라도 빨리 시골로 가고 싶은 모양이다.

"지금은 안 돼! 일단 집을 짓는 거라든지, 또 당분간 우리가 살아야 할 생활비 등은 내가 만들어 가야 해."

그러자, 내 성격을 아는 그녀가 내 눈치를 보면서 조용히 말했다.

"그거, 어머니가 다 해 주신다고 걱정하지 말라고 했어요."

나는 그녀의 마음을 알기에, 웃으며

"내가 어느 정도 내 힘으로 준비해 가는 게 좋겠어, 아님 지금 당장 급하다고 서둘러 가서 평생 내 가슴 한가운데 멍울지고 사는 것이 좋겠어?"

그녀는 잠시 아무 말도 없다가

"여보, 당신하고 나 사이, 그리고 우리 엄마도 마찬가지고, 우리 모두가 하나나 마찬가지 아니야? 그런 것은 당신이 생각을 조금만 바꿔도 되잖아요."

"여보, 나도 빨리 가고 싶지만, 너무 서둘지는 말자. 우리가 어머니 덕분에 꿈을 현실로 만들 수가 있게 되었지만, 지금 그곳에서 살고 있는 사람들 문제, 소작인들 문제, 이 문제도 그 사람들과 원만히 처리해야 되는 것이 우리들 숙제야. 우리 땅이라고 지금까지 그 땅만을 의지하고 살아온 사람들한테 무조건 나가라고 할 수도 없잖아."

내 말을 듣고 난 그녀는

"정말 그 문제도 있네요. 저는 그런 건 생각지도 못했는데……. 그럼 그 사람들은 어찌해야 하죠?"

"응, 나는 그 사람들을 안고 가려고 해."

"안고 가다니요? 그럼 그 사람들에게 계속 그 땅을 사용하게 한다는 것인가요?"

나는 미소를 지으며

"아니, 땅은 우리가 사용할 거야. 대신 그 사람들은 우리 농장에서 일을 시킬 작정이야. 단, 그 사람들이 희망한다면……! 대신 우리는 그 사람들이 우리 땅을 사용하여 1년에 얼마의 수입이 있었는가를 조사하여 그만큼, 또는 그 이상의 급여를 줄 생각이야."

"어머, 당신 거기까지 생각하셨어요?"

"그럼, 가장 중요한 문젠데. 그렇게 하기 위하여서는 우리는 고등작물이나 축산 등 고수익 영농 계획이 필요하지. 그래야만 그 사람들 급여도 여유 있게 줄 수 있고 농장도 운영할 수가 있게 되거든."

"여보, 나 당신이 있어서 힘도 나고 신도 나요."

"그래, 그러니 너무 서둘지는 마.

당신은 아름다운 우리의 화이트 하우스를 그려 줘. 당신이 그려 놓은 화이트 하우스는 내가 당신처럼 예쁘게 만들어 줄게."

그녀는 꿈을 꾸듯이

"알았어요. 고마워요, 여보."

우리는 우리의 꿈인 자연 속의 농장과 화이트 하우스를 향하여 한 발 한 발 다가가고 있었다.

한심한 패륜아

1974-5

우리는 이제 꿈이 아닌 현실의 우리 낙원을 매일매일 만들어 가고 있었다.

그리고 나는 동생들의 도움으로 몇 군데의 인쇄소에 밤업소의 각종 인쇄물울 납품할 수 있도록 연결시켜 주자 인쇄소에서 커미션을 주겠다고 하는 걸 '나는 브로커가 아니다. 차라리 다른 무엇을 납품할 수 있도록 해 달라' 하여 대신 종이를 납품할 수 있는 기회를 가질 수 있었다.

제지 회사, 그리고 인쇄소를 바쁘게 돌고 나서 나는 미아리로 향했다.

어제 어머니께서 한 번 들러 주었으면 좋겠다고 하셔서 가는 중이었다.
어머니는 지금껏 와라 가라 하신 적이 한 번도 없으셨다.
내가 어릴 적부터 집을 떠나 있으면서도 내가 어머니를 알고 어머니 또한 나를 아시기에 두 사람 사이에는 아무런 연락이 없어도 어머니는 나를 믿고 계셨다.
어머니는 내가 어릴 적에 어머니께서 읽어 주신 《미야모토 무사시》를 들고 어린 내가 감동을 받은 것을 보시고 항상 기특하구나 하셨고, 또 초등학교 때 한강에서 수영을 배운다고 죽을 뻔한 뒤에, 아이들은 물론이고, 어른들도 무서워서 다시는 물 근처에도 가지 않을 텐데 나는 악착같이 한강에 가서 결국 수영을 배우고 그해 여름방학 때 한강을 건너는 것 등 그리고 내가 어릴 적부터 장난이 심한 개구쟁이였지만 내 성격이 어질다는 것을 아시기에 어머니는 나를 믿고 계셨기에 다른 걱정을 하지 않으셨다.

아버지 또한 어릴 적부터의 나를 보시고 항상 든든하게 생각하셨고 그러한 아버지의 믿음은 군대 가기 전, 아버님의 어려운 난공사 현장을 말끔하게 평정하여 그 믿음에 대한 확신을 보여 드렸다.

그래서 우리 집에서는 내가 오랫동안 연락이 없어도 걱정들을 하지 않으셨다.

한데, 어머니께서 나를 보고 싶다 하신다.

집에 가서 나는 어머니의 수심이 가득한 얼굴에 불길한 예감이 들었다.

어머니는 아버지의 사업의 부진으로 많은 걱정을 하셨다.

아버지는 지금까지는 그럭저럭 회사를 운영하셨으나 경제가 발전하면서 대형 건설사들이 이제는 전기, 통신 공사까지 그 영역을 넓히는 바람에 아버지처럼 영세 전기통신 업체는 도산하는 회사가 늘고 있다고 하셨다.

바람에 어머니는 아버지의 회사 말씀을 하시면서 내가 회사를 도울 수 있는 방법이 없겠느냐고 말씀하셨지만 집의 생활도 무척이나 힘이 드신 것 같았다.

나는 지금까진 "나에 대한 걱정은 하지 마십시오."라고만 말씀드렸지 집에 사정에 대하여서는 한 번도 관심을 가져 본 적이 없었다.
　집의 경제 문제에 관한 것은 어머니에 대한 아버지의 가장 강한 자존심이었다.

　그러나 나는 집에 대한 나의 무관심에 자책을 할 수밖에 없었다.
　나는 어머니에게 너무 걱정하지 마시라고 하고 집을 나왔다.

　무거웠다.
　어머닌 저렇게 힘드신데 나 혼자만 들떠서 꿈을 좇은 것이 너무도 죄스러웠다.

　무거운 내 얼굴을 그녀에게 보여 주고 싶지가 않았다.
　나는 그녀에게 전화를 하여 오늘 무교동에서 자겠다고 하였다.

　어찌해야 되나?
　한여름의 열기를 아무런 방해도 없이 하루 종일 저장한 옥상 방은 용광로 같았다.
　일단 확실한 답은 내가 우선이 아니고 성모마리아처럼 어질기만 하신 우리 어머니다.
　난생처음으로 돈이라는 것에 대한 절실함을 느꼈다.

　머리도 혼란스러웠다.
　지영은? 농장은? 어머니는? 아버지 회사는? 무엇을 해야 돈을? 동생들은?

꿈길만 걷던 나의 머릿속은 순간에 가시밭길을 걷고 있었다.

나는 옥상 방을 나와 도심의 밤하늘을 쳐다보았다.

좋다.
하나하나 부딪쳐 보자.

지영에게는 어차피 알게 될 것이고 또 알아야 되는 것이니 사실대로 이야기하자.
'도둑질이 수치지, 생활이 어려운 것은 수치가 아니다.'

농장은 소작인들은 수확을 해야 하고 또 그들이 터전을 옮긴다는 것이 그리 빨리는 안 될 것이다.
'또, 그들에게 절대 독촉을 하여서도 안 된다.'
그러면 시간은 있다.

아버지 회사를 내가 도울 수는 없다.
아버지가 힘드시다면 내가 들어가도 마찬가지다.
'대신 어머니가 힘드시지 않으시도록 내가 생활에 도움을 드리자.'

무엇을 하여야 돈을?
지금 무엇을 한다 하면 시간이 많이 걸린다.
차라리 동생 놈들을 만나 보자.
'동생들 주위에서 비즈니스를 찾아보자.'

나는 하나하나 정리를 해 나갔다.

나는 생각했다.

걱정이 있을 때, 걱정만 하고 있다고 그 걱정이 없어지지 않는다.

시간을 끌면 끌수록 그 걱정은 점점 커져 가고 사람은 망가져 갈 것이다.

이렇게 판단한 나는 하나하나 부딪치며 처리하기로 마음먹었다.

제일 먼저는 그녀다.

말해야만 인쇄소 건 수입을 어머니께 드릴 수 있는 것은 물론,

농장에 대해서도 의논을 할 수가 있다.

일단 계획을 정리한 나는 주저할 것이 무엇이냐! 지금부터다, 라고, 생각한 나는 좀 늦은 시간이지만 삼청동으로 향했다.

내가 집에 들어가자 자려고 했는지, 잠옷 차림에 조금 놀라면서

"여보, 무교동에서 주무신다더니?"

"응, 갑자기 보고 싶어서 왔어!"

"칫, 내일 해가 어느 쪽에서 뜨나 봐야지."

"흐흐, 틀림없이 서쪽에서 뜰 거야. 그러니 커피나 줘."

"알았어요."

하고 커피를 끓이러 간다.

나는 걱정이다.

저 착한 여자가 또 얼마나 걱정을 할까?

그녀는 커피를 두 잔을 타 왔다.

"왜, 당신도 마시려고?"

그녀는 밤에는 커피를 마시지 않는다.

"네, 당신이 나에게 하실 말씀이 있는 것 같아서요."

나는 웃으며

"그걸 어떻게 알았지?"

"왜 몰라요, 이제 당신하고 산 게 얼만데요."

나는 그녀에게 오늘 집에 가서 어머니를 만났던 이야기를 자세하게 해 주었다.

그리고 나의 걱정까지.

내 이야기를 다 듣고 난 그녀는

"여보, 너무 걱정하지 말아요."

"응, 나는 걱정 안 해! 당신이 걱정할까 봐 그렇지."

그녀는 웃으면서

"저도 걱정 안 해요. 당신한테 이제 많이 전염됐어요."

내가 웃자

"여보, 정말 너무 걱정 마세요. 당신 오늘 무교동에서 주무신다고 하실 때 무슨 일이 있는 모양이다, 생각했어요. 당신은 걱정 안 하신다고 하는데, 사실은 걱정이 돼서 무교동에서 주무신다고 하신 거 아니에요?"

"허, 셜록 홈스야? 귀신이야?"

"호호호, 여보, 천하에 ×× 와이프가 있는데 아무 걱정 말아요.

저도 힘이 될게요."

그 말에 나는 정색을 하고
"지난번 같은 말은 하지 마!"
라고 강하게 말하자
"여보-!"
하면서, 토라진다. 난 그녀의 어깨를 토닥거리면서
"나 씻고 올게."
일단 한 단계는 넘었다.
내일 인쇄소 수입은 어머니께 드려도 될 것 같다.

다음 날 아침, 그녀는 나에게 무슨 말을 하려다 말고, 하려다 말고 하는
걸 내가 다른 말을 하자 그만둔다.
나는 그녀가 무슨 말을 하려는 줄 알고 있다.
그러나 나한테 또 혼이 날까 봐 차마 얘기를 하지 못한다.

나는 나가기 전에
"여보 오늘 인쇄소에서 수금이 될 것 같은데 그 돈 어머니 갖다 드려도 되
지?"
하고 물으니
"그럼요, 얼마나 될지 모르지만 그것 갖고 도움이 되시겠어요?"
내가 웃으면서
"거기에 당신 마음도 있으니 어머니 기뻐하실 거야."
"어머니 뵙고 싶어요."
그녀는 계속 어머니를 다시 한번 보게 해 달라고 조른다.
그리고 집에도 좀 모시고 오라고 조른다.

하지만 아직 아버지도 만나지 못했는데 어머니를 또 만날 수는 없다.

그 사실을 알면, 나중에 아버지가 술에 취하면 어머니에게 또 무슨 트집을 잡아 괴롭힐지 모른다.

아버지에게도 인사를 시켜야 되지만 내가 망설여진다.

그녀도 내가 중학교 때부터 혼자 나와 있는 것이 아버지하고의 관계 때문이라는 것을 알고 몇 번 조르다 이제는 아버지 얘기는 하지 않는다.

하지만 지금 사업이 어려워 힘들어하실 걸 생각하면 마음이 아프다.

그래서 회사에 찾아가서 한 번 뵙고도 싶지만 아버지는 어려워도 남에게도 그러하시지만, 나에게도 절대로 내색을 안 하신다.

그 어렵다는 것은 경제적인 것을 말한다.

공사 현장이 어려운 것하고는 별개의 문제다.

아버지가 경제적인 면에서 어려우셔도 나에게만은 내색을 하지 않으시는 건 내가 중학교 때부터 혼자의 힘으로 살아왔기 때문이다. 그러기에 아버지는 아버지로서 나에게 해 준 것이 하나도 없다는 생각에 경제적인 부분에서는 아무리 어려우셔도 나에게만은 그러한 모습을 보이시지 않으신다.

아버지는 강자에게는 강하고, 약자에게는 인정이 많으시고 자존심이 무척 강하신 분이시다.

그러나 술에 취하시면 어머니한테만은 평생을 괴롭히신다.

아마도 결혼할 당시만 해도 경기여고를 졸업한 미모의 어머니는 서울 장안의 최고의 여인이라 했다. 그런 어머니하고 결혼한 아버지는 어머니의 계모인 외할머니로부터 구박을 많이 받으시고 어머니에 대한 조금은 부담스러운 기분에서 시작된 주벽이 평생 이어지고 있다.

하지만 술만 드시지 않으시면 그렇게 좋으실 수가 없는 아버지시다.

어머니와 데이트도 많이 하시고 그러시기에 어머니는 영화란 영화는 안 보신 영화가 없으시다.

하지만 나는 아버지가 술에 취하시면 어머니를 괴롭히는 것이 싫어서 집이 부산으로 이사 갔을 때 나는 부산으로 가지 않고 서울에 남아 중학교 때부터 혼자 살아왔다.

나는 인쇄소 3곳 중 2곳에서 수금을 하였다.

내가 태어나서 아버지 현장과 부산 형님 회사를 제외하고는 오직 나 혼자의 힘으로 얻은 최초의 수입이었다.

그 수금한 돈 중에서 그녀에게 선물할 옷과 반지를 살 돈만 남겨 놓고 나머지는 어머니에게 드리려고 미아리 집으로 갔다.

집에는 우리 5남매 중 내 바로 아래 여동생은 결혼을 했고 남동생과 여동생 둘이 있는데 막내 여동생은 직장을 다니고 남동생은 얼마 안 있으면 군대를 간다고 쉬고 있다. 그리고 둘째 여동생은 어려서부터 몸이 약하여 고등학교 졸업 후 집에서 쉬고 있다.

나는 동생들과는 사이가 별로 좋지가 않다.

그것은 어릴 적에 큰집 형제들과 같이 살 때, 큰집 형제들은 3형제였는데 나보다 3살과 1살 위인 사촌 형이 2명이고 내 둘째 여동생과 동갑인 남동생이 있었다. 그런데 남동생은 큰집에서 막내였기에 귀엽게 자라 욕심이 많고 심통이 많았다.

그러다 보니 내 동생들과 싸움을 많이 했고, 내 동생 모두가 싫어서 집에서는 그야말로 천덕꾸러기였다.

그러한 사촌 동생을 측은히 생각한 나는 항상 그 동생 편이었고 그래서 내 동생들을 때리기도 많이 하였다. 그러다 보니 자연히 내 동생들과 나는 사이가 멀어졌고 그 간격은 커서도 좁아지지가 않았다.

집에는 어머니와 여동생이 있었다.

나는 어머니에게 봉투를 드리려고 하니, 어머니는 화를 내시면서 봉투를 받지 않으신다.

"내가 너에게 도움을 받으려고 어제 널 보자고 했는 줄 아느냐? 나는 네 아버지가 몇십 년을 그 분야에 일을 하셨기에 그 애착으로 이제는 주위 여건이 아버지 규모의 영세 회사들은 도산하고 시간이 지날수록 적자가 커지는 걸 알면서도 회사 문을 닫지 못하시고 계시니 너에게 회사에 나가 어찌 될 것인가를 알아보라고 부탁한 거야."

어머니는 정색을 하시면서 나를 나무라는 투로 말씀하셨다.

"엄마, 그건 나도 알아요. 하지만 내가 회사에 나갈 경우, 아버지가 회사의 어려운 걸 나한테 보여 주시려고 하시겠수?"

어머니는 한숨을 쉬시면서

"그건 네 말이 맞다. 그래도 내가 하도 답답도 하고, 또 네 아버지가 그 자신감은 다 죽고 풀이 없는 게 너무 안타까워서 그래."

"여하튼 지금은 조금 더 있어 보는 게 좋을 거 같아요."

어머니는 한숨을 쉬신다.

"그러니 앞으로는 제가 힘 있는 한 도울게요. 이건 받으세요."

"안 된다. 그건 이 애미나 아버지나 다를 게 없다."

"참 답답하네요. 나는 아들이고 당연히 집을 도울 의무가 있어요."

"그래도 나중에 아버지가 아시게 되면 괜히 문제만 커진다."

어머니는 완강하시다.

나와 어머니는 계속 실랑이하다 결국 내가 지고 말았다.

나는 우울한 마음으로 삼청동으로 돌아왔다.

집에 돌아와서 그녀에게 어머니 만난 이야기를 하고 어찌하면 좋을까?
하고 걱정을 하니, 그녀가

"차라리 우리 시골로 가서 부모님 모시고 있으면 어때요?"

뜻밖의 그녀의 말에 나는 그녀의 얼굴을 쳐다봤다.

"어머님은 좋아하실 거야. 나도 어머니가 당신하고 있으면 정말 좋겠
지만 아버지는 완강하게 반대하실 거야."

"당신이 진지하게 아버님과 의논해 보시는 것은 어때요?"

"글쎄? 아마 힘든 얘기야, 아버지는 설사 마음은 가고 싶으시더라도 가시
겠다는 결정은 안 하실 분이야."

"그래도 당신이 아버지와 가까이 다가갈 수 있도록 노력해 봐요."

"알았어, 당신 정말 고마워."

정말 착하고 자상한 여자다.

그럴수록 난 조급해지고 있다.

더구나, 이제는 어머니 걱정이 더욱 크다.

아버지 회사도 걱정이다.

아마 아버지는 전기통신 분야의 사업을 몇십 년을 하였기에 애착도 있지만 또한 사업을 그만두시면 다른 방도가 없으시기에 힘든 회사를 무리하게 지키고 계실 것이다.

그런 생각을 하면 아버지가 안쓰럽기도 하다.

"왜 아들인 나에게 그렇게 자존심을 세우실까?"

나는 그것이 답답했다.

한번 아버지를 만나 허심탄회하게 말씀드려야 하겠다고 생각했다.

그리고 그녀의 얘기도….

그리고 나는 동생들을 만나 주위에 내가 취급할 수 있는 제품들을 납품할 수 있는 곳이나, 사람을 찾아서 연결 좀 하라고 부탁했다.

내 동생들은 집안이 좋은 친구들도 제법 많은 편이었다.

동생들은 나의 부탁에 대하여 모두가 나를 도우려고 신경들을 많이 쓰고 있었다. 이번에 인쇄소 건도 동생들이 도와주어서 가능했다.

나는 그동안 종이, 식품, 신발, 의류 등 제조 회사 또는 도매상들로부터 도와주시겠다고 약속들 하셨기에 그 제품들의 납품할 수 있는 곳을 찾아봐 달라고 부탁을 한 것이다.

하루하루 무거운 마음속에 지내면서 동생들과 만나면 자연히 술자리가 만들어지고 때로는 폭음을 하는 날도 가끔 있었다.

하지만 나는 술을 아무리 많이 마셔도 비틀거린다거나 주정을 하는 일은 절대 없었다.

내가 술을 마시고 들어가면, 그녀는 하지 말라고 하여도 나를 위하여 숙취를 없애 주는 꿀물이나 시원한 국물 등을 하여 주느라 애를 쓴다.

그러던 어느 날 아침, 그녀가 커피를 주면서

"여보 오늘 나하고 얘기 좀 해요."

"응? 무슨 얘기?"

"요즘 당신 많이 힘드신 것 같아요."

"힘들긴? 그렇지 않아!"

"아니에요, 내가 당신 힘든 걸 몰라요? 오늘은 화만 내지 마시고 내 얘기 좀 들어주세요."

"또, 그 얘기?"

"여보, 화만 내지 마세요!"

그녀는 오늘 작심을 한 것 같았다.

"당신 마음도 알고, 당신이 노력하는 것도 알아요. 하지만 서울 어머니 문제나 농장 문제가 마음처럼 쉽게 해결될 문제가 아니잖아요. 당신은 아버님이 당신한테 자존심을 내세우신다고 하시는데, 당신은 나한테 자존심을 내세우면서 고집을 부리잖아요. 우리 제발 당신하고 나 사이는 그 장벽 없애면 안 되나요?"

나는 아무 할 말이 없었다.

오히려 그것이 나를 힘들게 만든다.

"여보, 나 나갈게."

"여보! 왜 이래요? 아직 우리 얘기 안 끝났어요."

"나, 당신 말 진지하게 생각해 볼게."

그리고 나는 그녀의 원망하는 듯한 시선을 뒤로하고 집을 나왔다.

또, 혼자서 눈물을 흘리겠지.

미안함과 비참함을 얹은 발은 나의 시련을 더하여 무겁기만 했다.

그러나 정작 나의 진짜 시련은 그날 저녁에 찾아왔다.

동생들과 대낮부터 술자리를 한 나는 갑자기 어머니 생각이 났다.

동생들과 작별을 하고 나는 그 자리에서 택시를 타고 미아리로 출발하였다.

우울한 하루를 보낸 나는 집에 들어서는 순간 어머니의 울음소리와 낯익은 꼬부라진 발음의 고함 소리를 들었다.

안으로 들어가자, 내 눈에는 그간 잊었던 광경이 들어왔다.

순간 어머니는 지금까지 저러한 수모와 고통을 계속 받으며 살아오셨을 것이라는 것을 생각하니 머리끝까지 피가 솟구쳤다.

나는 집에 들어가자마자 나도 모르게 부엌에서 칼을 집어 들고, 집 안으로 들어가 아버지를 향하여

"평생 이게 무슨 일입니까? 평생 아버지 주정에 고통받는 어머니는 생각지 않으십니까? 오늘 아버지와 나, 함께 끝내고 맙시다."

하자, 그때

"너 이 녀석, 뭐 하는 짓이야!"

하면서, 앉아서 울고 계시던 어머니가 벌떡 일어나시면서 내 뺨을 때렸다.

순간 내가 무슨 짓을? 하는 생각이 들었고, 어머니가 강하게 내 손에 든

칼을 빼앗아 어디다 갖다 놓으셨다.

　아버지는 나의 행동에 큰 충격을 받으시고 술이 깨시는지 나를 멍하니 쳐다보시고만 계셨다.

　나는 그 자리에서
　"잘못했습니다."
　하고서
　무릎을 꿇었다.

　아버지는 아무 말씀도 안 하시고 들어가 버리셨다.
　어머니도 내 행동에 충격과 함께 크게 실망하셨는지 아무런 말씀을 하지 않으셨다.

　나는 그 자리에서 무릎을 꿇은 지 5시간 이상이 지났을 것이다.
　통행금지 사이렌이 울린 지도 한참을 지나고 있다.
　그리고 또 시간이 지났다.
　무릎은 감각이 없다.
　내가 술에 취했던 걸까?

　그리고 또 얼마의 시간이 지났다.
　그때, 문소리가 나더니 불이 켜지면서 아버지가 나오셨다.
　아마 화장실에 가시려나 보다.
　나를 쳐다보시지도 않고 나가셨다가, 잠시 후 돌아오시면서
　나를 쳐다보시지도 않으시고

"일어나, 임마."

그러시더니 들어가 버리신다.

그 옛날 담배 피우다 걸렸을 때와 똑같이 끝내셨다.

나는 집을 나와 인적이 하나도 없는 도시를 걷고 있다.

내가 그런 행동한 것을 알면 그녀는 얼마나 실망할까?

나는 내가 한 행동으로 도저히 그녀의 얼굴을 볼 수가 없다.

나의 한심한 용기는 나를 위선의 탈을 쓰고 살아온 패륜아로 만들었다.

모든 것이 멍한 상태의 패륜아는 서울역으로 나가 출발 직전의 호남선 새벽 열차에 올라탔다.

최고의 나의 아버지

1975

'내가 도대체 무슨 짓을!'
'내가 이제 누구에게 무슨 말을 할 수 있을 것인가?'
왜?
왜?
왜?
아버지에게.

난 이제 어떻게 살아간단 말인가?
어머니 얼굴을 어떻게 보고, 또 지영의 얼굴을 어떻게 볼 것인가?

하루, 이틀, 사흘, 그리고 몇 날의 시간이 지났을까?
내가 지금 살아는 있는 것인가?
지금 여기가 어딘가?
이제서야 허기가 느껴진다.

주위를 둘러보니 물이 흐르고 잡초들이 보인다.

'지영이가 좋아하는 곳인데.'

문득, 지영이 생각이 난다.

"지영아!"

갑자기 무서운 생각이 엄습한다.

내가 없어져서 고통을 받을 그녀 생각이 무섭기만 하다.

억지로 일어나 옷을 훌훌 벗고 물속으로 들어갔다.

정신이 드는 것 같다.

한참을 물속에 몸을 담그고 있다가 나와서 천천히 산을 내려가기 시작했다.

사람들이 쳐다보는 걸 보니 내 몰골이 말이 아닌 모양이다.

거리에서도, 기차 안에서도.

다방 문을 열고 들어가자, 주인 누님이 나를 보더니 놀라고, 또 내 몰골을 보고 놀라는 것 같다.

내가 자리에 앉자, 종업원에게 커피와 담배를 가져오라고 하고 내 앞에 앉았다.

"어떻게 된 거야? 사람들이 여기저기 찾아다니느라 난리가 났는데."

나는 웃으면서

"그랬어요? 그냥 바람 좀 쐬고 왔어요."

"그 몰골이 뭐야? 얼굴도 말이 아니구."

"그래요?"

"점심은 먹은 거야? 나하고 밥 먹으러 갈까?"

"누님, 아니에요. 괜찮아요."

"잠깐 있어, 내가 조금 준비해 줄게."

얼마 있다가 누님은 식빵에 계란프라이를 넣어 우유와 함께 가지고 왔다. 가끔 식사를 안 하고 오면 내가 부탁을 하던 간이식사다.

"고마워요, 누님."

나는 게 눈 감추듯 먹어 버렸다.

"하나 더 해 올까?"

"아니에요, 됐어요."

그리고 담배 한 대 피우고 누님과 잠깐 이야기를 하는데, 다방 문이 열리고 그녀가 나타난다.

다방 누님이 전화를 한 모양이었다.

누님은 잠깐 그녀와 인사하더니 자리를 피한다.

그녀는 나를 잠깐 쳐다보더니, 갑자기 나한테 달려들었고 엉엉 울기 시작한다. 그러면서

"여보 내가 잘못했어요. 당신 싫어하는 줄 알면서 또 그 말을 해서 당신 마음 상하게 해서 미안해요. 정말 잘못했어요."

나는 멍할 수밖에 없었다.

나는 우선 그녀를 안정시켜야 했다.

"자~ 여보, 울음 그치고 우리 어디 다른 곳에 가서 얘기하자."

그녀는 눈물을 닦더니

"어딜 가긴요? 집으로 가면 되잖아요."

"알았어, 그럼 집으로 가자."

나는 십여 일 만에 집에 온 것 같다.

나는 우선 목욕부터 했다.

"여보, 점심 안 드셨죠?"

"아니, 나 지금 생각 없어. 다방에서 토스트 하나 먹었어. 당신은?"

"저도 지금 생각 없어요. 그럼 커피나 탈게요."

이제 모든 걸 이야기하여야 했다.

그녀는 자기의 잘못으로 내가 화가 나서 안 들어온 줄로 알고 있다.

그야말로 산 넘어 산이다.

나는 그날의 이야기를 자세히 얘기했다.

그리고 그러한 파렴치한 행동을 하였기에 도저히 당신 얼굴을 볼 면목이
없어 들어오지 못했다고 얘기도 했다.

나의 이야기를 다 듣고 난 그녀는 내 손을 꼭 잡더니

"여보, 당신 잘못은 했지만 아버지와 어머니 모두 당신을 용서하셨을 거
예요."

"아니야, 설사 두 분이 용서하신다 해도 나 자신이 나를 용서할 수가 없어. 그리고 당신 볼 면목도 없고."

"여보, 이제는 아버지와 어머니, 그리고 저, 모두 당신 마음에 달려 있어요. 당신이 이렇게 자책하면서 마음을 닫고 있으면 모두가 서로 힘들어져요. 어쩌면 이 기회가 아버지와의 관계를 개선할 전화위복이 될 수도 있어요."
나는 아무 말도 할 수가 없었다.
그녀의 말은 계속 이어졌다.

"그리고 이젠 시골 가는 거 급하게 서둘지 않겠어요. 당신 말대로 소작인들 문제도 우리가 서두른다고 될 것이 아닌 것 같아요. 그분들에게 고통을 주면서 우리가 가서 설사 행복하다 해도 그것은 더 이상 행복이 아니란 생각을 했어요. 그분들에게도 충분한 시간은 물론, 지금까지의 생활에 맞는 어떠한 선택의 권리까지 주어야 할 것 같아요. 그리고 가장 중요한 것은 지금 우리의 생활이라고 생각해요. 나는 지금껏 생각을 못 했는데 지금의 이 생활이 가장 소중해요. 시골에 가서 사는 것은 예전엔 꿈이었지만 지금은 꿈이 아니고 그것은 그냥 꿈의 연속일 뿐이에요. 꿈은 당신과 함께 있는 지금이 바로 꿈이에요. 만일 내가 시골에 가서 산다고 해도 당신이 없다면 그건 아무 소용이 없는 고통일 뿐이에요. 당신과 같이 주일에 미사를 보고 음악실에서 음악을 듣고, 데이트하고 이것이 꿈이라는 것을 이번에 깨달았어요. 그리고 이번에 정말 너무 큰 고통이었어요. 여보, 다시는 내 꿈속에서 빠져나가지 마세요. 네?"
역시 그녀는 생각이 깊고 또 깊은 여자였다.

"여보, 내가 당신에게 추한 꼴을 보인 거야. 할 말이 없어. 당신이 기대했던 내가 겨우 그런 사람이었어."

"왜 그래요? 당신 자꾸 그러시면 나, 슬퍼진단 말이에요."

"미안하다, 지영아."

"이제 미안하다는 말 그만해요. 저 당신이 미안하다는 말만 해도 가슴이 아파요."

"알았어!"

"여보, 이제 당신 얼굴 보니 나 배가 고파요. 우리 명동 할머니한테 가서 밥 먹어요. 네?"

우리는 명동에 나가서 반갑게 맞아 주시는 할머니에게 가서 맛있는 점심 겸 저녁을 먹고 성당에 올라갔다가 남산을 산책하고 늦게서야 집에 돌아왔다.

그제야 그녀의 얼굴은 예전의 밝은 얼굴을 찾을 수 있었다.

다음 날, 나는 어머니를 뵈러 집으로 갔다.

어머니는 평소와 다름없이 나를 반겨 주셨다.

"별일 없었니?"

오히려 나를 걱정하셨다.

아버진 충격을 많이 받으신 거 같다.

"죄송합니다."

아버지가 좀 풀리시면 내가 아버지를 찾아뵙겠다고 하고 어머니도 아버지께 나에 대한 마음이 풀리시도록 얘기하시겠다고 하시면서 내가 아버지를 만날 수 있는 적당한 시기에 전화를 주시겠다고 하셨다.

우리는 농장 문제는 소작인들과 대화한 후 그들의 입장을 충분히 반영하여 주기로 하였고 우리는 그동안 영농과 축산에 대한 상식 그리고 외국의 영농 기술 등을 공부하기로 하였다.

그녀와 나는 하루하루를 헛되게 보내지 않기 위하여 계획을 세워 놓고 생활을 하였다.

그것은 앞으로 농장을 하게 되면 계획이라는 것이 무엇보다 중요하기에 지금부터라도 계획에 의하여 생활하기로 한 것이다.

그러면서도 나는 동생들의 도움으로 몇 건의 납품 실적을 올렸고 그녀 또한, 음악의 개인 레슨과 연습을 게을리하지 않았다.

그러던 어느 날, 어머니께서 전화가 와서 아버지 회사에 전화를 하여 보라고 하셨다.

그러면서 지영에 대하여서도

"아버지께 말씀을 하였으니 그리 알아라."

하시면서 전화를 끊으셨다.

어머니와의 통화 내용을 얘기하자, 그녀는 흥분도 되고 또 불안한 마음도 있는 듯

"당신 아버님 만나면 아버님이 제 얘기 하실까요?"

나는 웃으며

"아무 걱정하지 마."

라고 그녀를 안심시켰다.

나는 아버지 회사 앞 다방에서 아버지를 만났다.

아버지는 그동안 얼굴이 많이 상하셨다.

나는 아버지에게
"지난번에 제가 잘못했습니다."
그러자, 아버지는
"무슨 얘기냐?"
아버지 말씀에 나는 잠시 멍해서
"예?"
"야, 임마, 무슨 얘기냐니깐?"
"지난번 집에서 있었던 일이요."
"야, 임마, 그건 그날 다 끝난 거 아니냐?"
"네?"
"너, 임마, 그래서 일어나서 나간 거 아니야?"
나는 아버지 말씀에 어이가 없었다.
"그런 겁니까?"

그러자 아버지가
"좋다, 그럼 뭐 하나 물어보자."
하시더니
"네놈이 그날 잘못했다는 것이 뭐냐?"
다 끝났다고 하시더니 이건 또 무슨 말이지? 나는 사실대로
"그건 제가 아버지에게 칼을 든 겁니다."
그러자, 아버지는
"멍청한 놈! 야, 임마, 그것은 하나도 잘못한 게 아니야!"

나는 또 어이가 없는 아버지 말씀에

"네, 무슨 말씀인지? 저는…."

그러자, 아버지는

"네놈이 애비한테 칼을 들 만큼 애비가 잘못한 게 있었겠지. 그리고 자식이 애비한테 칼을 들었다는 것은 그 부자지간의 관계는 그것으로 끝난 거야. 그러니 그건 하나도 잘못한 게 아니야!"

"네?"

"그런데, 남자가 칼을 뽑았으면 어떻게 해야 되느냐?"

나는 말을 못 하고 주저했다.

"야, 이 한심한 놈아! 끝장을 내야 되는 것 아니냐? 안 그래?"

나는 계속 아무 말도 할 수가 없었다.

"끝장도 못 낼 것 같으면 아예 처음부터 칼을 잡지 말았어야지. 그날 네놈이 제일 잘못한 것은 바로 그거야, 알겠냐. 그건 비단 칼뿐이 아니다. 어떠한 일을 시작한다는 것도 칼을 잡는 것과 똑같다. 그것은, 아무리 작은 일일지라도…. 그리고 또 칼을 잡는다는 것도, 사람과 사람과의 약속도 마찬가지로 모두가 같다고 할 수 있다. 그러니 지키지 못할 약속은 아예 하질 말거라."

나는 고개를 숙이고 있을 수밖에 없었다.

이제야 아버지의 뜻을 알 수 있었기 때문이다.

"이제야 아버지의 뜻을 알겠습니다. 정말 제가 잘못했습니다."

"알았다. 그리고 앞으론 네가 애비한테 칼을 잡을 일은 더 이상 없을 것이다."

나는 아버지가 하시는 말씀의 뜻이 무언지 몰라 잠시 헤매다가 그 뜻을 알고

"감사합니다."

라고 말하였다. 아버지 말씀은 앞으로 어머니한테 술주정을 하지 않으시겠다는 뜻이었다. 그리고 또 아버지께서

"같이 있는 여자가 있다면서?"

"네."

"사귀는 거냐? 사는 거냐?"

나는 또 잠시 있다가

"네, 같이 살고 있습니다."

"여자애 부모도 만났느냐?"

"네, 부산에 어머님 혼자 계시는데 자주 뵙고 있습니다."

"얼마나 됐느냐?"

"이제 3년 됐습니다."

"오래됐구나, 그럼 됐다."

"아버진, 언제 시간이 나세요?"

"당분간은 시간이 어렵다. 3년이 됐다 했으니 새아기라고 할게. 아기한테 전하거라. 애비도 새아기 얼굴 보고 싶은데 지금은 시간이 없으니 나중에 만나자 하고, 서운해 하지 말라고 해라."

나는 아버지 회사가 심각할 정도로 힘들구나, 하는 생각을 아버지의 표정

과 말에서 느낄 수가 있었다.

이렇게 아버지와의 만남은 비록 짧은 시간이었지만 아버지께서 기나긴 세월을 찾아 주시고 커다란 감동을 주시면서 헤어지게 되었다.

나는 미아리로 가서 어머니를 뵙고 아버지를 만나서 한 이야기를 전해 드렸더니 어머니도 무척 좋아하셨다.

"엄마, 그럼 이제 지영이와 만나도 되겠네요?"
라고 하니
"애, 아직은 좀 그렇구나. 아버지가 아직 어려우시니, 나도 그 애 보기가 떳떳지가 않구나."
"엄마, 그건 너무 신경 쓰시지 마세요."
"애, 내가 너를 만나는 거니? 아기를 만나니깐 그러지."
"그래도 괜찮으시다니까요. 정 그러시면 가끔 명동성당에서 함께 미사 드리는 것으로 해요."
"그래, 생각해 보자."
어머니를 만난 후, 나는 집으로 향했다.
오늘 아버지를 만난다 하니 그녀는 내가 나갈 때부터 안절부절못하였는데 내가 일부러 무표정한 얼굴로 들어가자 내 표정부터 살피더니 긴장한 표정이다.

그래서 나는 무표정한 얼굴을 풀지 않고 아버지와의 대화 내용을 사실대로 이야기하자, 한참 듣고 있다 무엇이 이상한지 고개를 갸우뚱하더니

"뭐예요? 그럼 잘된 거 아니에요?"

그제서야 내가

"하하하."

하고 웃자, 내 가슴을 때리면서

"몰라, 몰라, 놀랬잖아요."

그러면서 또 눈물을 글썽인다.

"그놈의 눈물은 시도 때도 없이 흐르는구나."

"그럼, 너무 좋은 걸 어떻게 해요."

하며, 또 눈물을 흘린다.

"아버님이 당신보다 더 멋있어요. 아버지 빨리 보고 싶어요."

"허! 큰일인데."

"아니, 정말로 멋쟁이예요. 당신은 아버지를 꼭 닮은 거 같아요."

"흐흐, 그럼 나도 멋쟁이란 얘기네…."

"호호호, 나 빨리 '아버지' 하고 불러 보고 싶어요."

그녀의 말에 나는 콧등이 시큰거렸다.

'아버지'란 말을 해 보지 못하고 자란 그녀.

나는 그녀의 등을 두드려 주었다.

이렇게 우리는 또 다른 행복까지 찾을 수 있었다.

이렇게 나는 최악의 상황에서 그녀의 말처럼 최고의 나의 아버지를 찾을
수 있는 행운을 만나게 되었다….

대답 없는 그녀

1975

비록 아버지를 만나지는 못했지만 나와 아버지와의 만남 후 나에게 아버지 말씀을 전해 듣고 난 후부터는 그녀는 더없이 밝고 명랑해졌다.

그리고 그녀가 변한 건 지금까지는 나와 같이 나가면 다방이나 음악실 등이었으나 이제는 고궁 아니면 시장 통이다.

시장도 자주 가지만 시장 갈 때마다 항상 같이 가자고 조르는 통에 내가 죽을 맛이다.

그리고 이제는 완전히 장난꾸러기다.

예를 들면, 언젠가 시장을 가자고 하여 내가 오늘은 우리가 항상 다니는 남대문시장에 가지 말고 효자동 쪽에 있는 통인시장을 가자고 하여 청와대 앞길로 하여 칠궁 앞을 지나면서 여기가 옛날 효자동 전차 종점이었던 곳이라고 알려 주고 또 효자동을 지나 맹아학교 위 인왕산을 가리키며 예전엔 인왕산에 물도 많이 흐르고 나무도 많았다고 하면서 예전의 이야기를 하니 아주 재미있어 하였다.

그리고 바로 근처에 있는 통인시장에 데려가니

"어머 여기에도 시장이 있었네요, 진작 좀 알려 주지 않고."

하기에

"진작 알려 주었으면 매일 오자고 하려고?"

하니, 그녀는 생글거리면서

"그럼요, 우리 내일도 같이 와요?"

"여보, 나 보고 매일 시장 보따리 들고 청와대 앞하고 우리 부대 앞을 지나다니라고?"

그녀는 계속 생글거리면서

"왜? 안 돼요? 아주 재미있고 보기가 좋을 것 같은데."

그리고 그다음부터는 일부러 큰 소리로

"여보, 우리 통인시장에 가요. 오늘 살 것이 아주 많아요."

이런 식이다.

살 것이 많으니 내가 큰 보따리를 들고 끙끙대며 청와대와 부대 앞을 지나야 되기에 약을 올리는 거다.

그녀는 언제부턴가 시장 다니기를 즐긴다.

대부분의 젊은 여자들은 시장 다니는 것을 꺼리는데 그녀는 시장을 자주 다닌다.

왜 그렇게 시장을 자주 가느냐? 물으면, 매일매일 나에게 다양한 식사를 만들어 주는 것이 즐겁다고 한다.

그녀는 나하고 같이 다니면서 이곳저곳 서울에 예전 모습을 설명해 주면 좋아했다.

한번은 일요일 날 명동성당을 갔다가 점심을 먹고 내가 태어난 곳을 데리고 갔다. 지금의 스카라극장이 옛날엔 수도극장이라고 서울에서는 아주 오래된 극장에 속하는 극장인데 그곳에서 퇴계로 쪽으로 조금만 더 올라가면 내가 태어난 곳이다.

그래서 그곳을 보고 퇴계로 쪽으로 조금 더 올라가면 당시엔 대원호텔이라고 있었는데 예전엔 그곳이 작은 동산이었고 거기에 분뇨를 저장하는 웅덩이가 있었다. 밤에 숨바꼭질을 하다가 그곳에 숨으면 찾지 못할 것이라는 생각에 그 분뇨 구덩이 아래쪽에 숨었는데 숨은 것을 술래가 찾지 못하여 성공은 했지만 올라오다가 그만 미끄러져 그곳에 빠지는 바람에 이틀을 씻었는데도 냄새가 빠지지 않아 학교에서 망신을 당했다고 하자 그녀는 배꼽을 잡고 웃고 말았다.

그런데 문제는 그날 생기고 말았다.

그 지역을 다니던 중 명보극장 앞으로 해서 올라가다가 인현시장을 발견한 그녀는 눈을 빤짝거리며 시장에 가자고 하였다.

인현시장에서 처음 장을 보고 돌아온 그녀는 일요일만 되면 명동에 갔다가 그다음엔 인현시장에 가자고 하고 나는 짐꾼이 되고 만다.

그녀는 나와 같이 시장에 가는 걸 제일 좋아한다.

내 손을 잡고 여기저기 끌고 다니면서 이것 사고 저것 사면서 시장에서 나하고 같이 팥죽이나 빈대떡 등 이것저것 먹는 걸 즐긴다.

특히 인현시장 부근은 당시, 그 지역이 영화인들의 동네이기에 시장 통에 먹거리도 많은 편이었다.

나는 일주일에 이틀은 그 동네에 있는 체육관을 나간다.

나중에는 그 운동하는 날도 운동 끝나는 시간을 기다려 나를 시장으로 끌고 간다. 그래서 내가

"당신 시골 가서 농장하지 말고 차라리 시장에서 장사하는 게 어떻겠니?"

하였더니, 능청스럽게

"그럴까요? 나 시장에서 빈대떡은 만들 자신 있어요."

하여 웃기도 하였다.

부산 어머니는 그녀의 성격이 명랑하고 밝게 변한 것에 대하여 나에게 항상 고마워하신다.

그녀는 아버지가 10년이라는 긴 세월을 투병하다 돌아가셔서 가정이나 모든 주위가 우울한 환경 속에서 어린 시절을 보내다 보니 성격도 항상 우울하고 매사에 자신감이라고는 전혀 없고 그러기에 성격도 자연히 내성적이 되어 주위 친구들이 거의 없었다고 하였다.

그래서 혼자서 음악을 듣는 것이 유일한 취미였고 그래서 음악을 시키게 되었다고 한다.

어머니는 그녀의 용모가 아름다워 성당이나 주위의 많은 남자들이 그녀와 사귀어 보려고 쫓아다니기에 남자라도 사귀었으면 하였는데 그녀는 남자에 대하여 관심도 주지 않고 오직 혼자서만 지내는 바람에 어머니는 많은 걱정을 하셨다고 한다.

그런데 어떡해서 자네하고는 사귀게 됐는지 그것이 궁금하다고 하셔서

"어머니, 나도 지영이하고 똑같았습니다. 친구도 없을뿐더러 나는 오직 운동밖에 몰랐습니다. 여자는 아예 쳐다보지도 않았구요."

그렇게 얘기하자, 어머니는

"두 사람이 똑같은데 난 도무지 이해가 안 간단다. 그리고 또 신기한 거는 두 사람 성격이 똑같았다는 것이야. 저 애도 이제는 말도 잘하고 성격도 아주 밝고."

"어머니, 말을 잘하는 정도가 아닙니다. 시장에 가면 시끄러울 정돕니다."

그 말에 우리는 한바탕 웃었다.

정말 그녀나 나나 많이 변했다.

다방에서 나도 여자에게 말을 건넨 것은 처음이고 그녀도 남자의 데이트 신청에 응한 것도 처음이다.

그 이후, 우리는 3년을 넘게 함께 지내면서 행복과 즐거움이 우리의 성격을 바꾸어 놓고 있었다.

또한 어머니도 나를 아들 대하듯 하신다.

처음부터 어머니는

"× 서방은, 너는 서방님이지만, 나는 아들이야."

그렇게 말씀하니, 그녀가

"엄마, 그럼 나는 엄마 며느리야?"

해서 우리는 또 한바탕 웃은 적이 있다.

그다음부터는 부산에 내려가면 집에 들어가면서 '엄마'라고 부르지 않고
"어머니, 저 며느리 왔어요."
하며 들어가기에, 부산 집에 가면 항상 웃으며 시작한다.

여하튼 부산 어머니는 나를 아들 대하듯 하신다.
내성적인 그녀와 단둘이서 사시다 보니 가족이 그리우셨을 것이다.
어머니는 가까운 친척은 없고 먼 친척들은 많이 있는 것 같았다. 그래서
집에는 항상 친척들이 많이 오지만 어머니는 별로 탐탁지 않게 생각하신다.
그래서 친척들은 이층에 올라와서 인사만 하고 아래층 사촌 동생 집에서
머문다. 그녀의 집은 아버지가 재력가의 집이어서 그녀의 아버지가 돌아가
셨을 때, 상당한 재산을 남겨 주어 어머니의 친척들은 대부분 어머니에게
도움을 청하기 위하여 온다고 한다.

그러기에 어머니는 오직 그녀가 어머니의 전부이고 따라서 나도 어머니
에게는 아들과 같은 존재가 되었다.
그래서 어머니는 나를 부를 때 내 이름을 부르신다.

어머니는 부산에 가서 며칠 있다가 서울로 올라가려 하면 언제나 더 있으
라고 성화시다.

이제 제대하고 3번째 연말을 맞고 있다.
연말이 되자 나는 여기저기 체육관 사람들과 송년 모임, 그리고 명동과
무교동 동생들과 송년 모임 등으로 정신이 없었다.
이번 모임에서 나는 술을 한 방울도 마시지 않았다. 동생들은 물론, 그녀

도 모임이 있다 하였는데 술을 안 마시고 들어가니 신기한 듯 쳐다보기에 지난번 아버지에게 술을 마시고 그런 행동을 해서 앞으로 술은 안 마시기로 결심을 했다고 하니 그녀는 나에 대하여 무언가 다시 한번 느끼는 것 같았다.

그리고 그녀와는 며칠 동안 우리가 자주 갔던 다방, 음악실 등을 다니며 즐거운 송년 시간을 보냈고, 오늘 말일은 집에서 음악을 들으면서 조용히 송년을 보내기로 하였다.

나는 어머니에게 전화를 드렸다.

"엄마, 잘 계시는 거죠?"

"그래, 너도 별일 없지?"

"내일 새해 인사 미리 드릴게요. 새해 복 많이 받으세요."

내가 그렇게 인사를 하자, 그녀가 옆에서 바꿔 달라고 성화다. 어머니도

"그래 너도 새해에는 좋은 일만 있어라. 그리고 지영이도 잘 있지?"

어머니가 먼저 그녀 얘기를 하신다. 나는

"엄마, 옆에서 바꿔 달라고 난리야."

하면서 그녀를 바꿔 줬다. 그녀는

"어머니, 안녕하세요?"

어머니와 그녀는 몇 번 성당에서 만났었기에 이제는 무척 친하였다. 그러한 두 사람이 통화를 하는데 그녀는 웃기도 하고 재미있는지 어머니와 한참을 통화하다가

"네?"

하면서 갑자기 놀라는 것 같더니

"네, 어머니."

그러더니, 갑자기

"안녕하세요, 저 ×지영이에요. 아버님 뵙지 못하고 이렇게 전화로 인사 드려 죄송합니다."

비록 전화지만 그녀가 아버지하고의 첫 만남이다. 그녀는 계속

"네, 아버님."

"네, 아버님."

만 계속한다. 그러다 마지막으로

"네, 아버님. 아버님 새해 복 많이 받으세요."

하고 전화를 끊더니, 깡충깡충 뛰면서 난리다.

"여보, 나 아버지 목소리 들었어! 아버지가 나보고 '아가'라고 하시며 어머 님에게 내 얘기 많이 들으셨대요. 그리고 내년엔 꼭 맛있는 거 사 주신대요."

내가 빙긋이 웃으며

"아버지하고 전화한 게 그렇게 좋아?"

그러자, 그녀는 금방 눈물을 글썽이며

"그럼요, 나 아버지란 말 처음 해 보는 거예요."

그렇다. 그녀는 어릴 적에 아버지의 10년이라는 긴 시간 동안의 투병으 로 아버지 곁에도 가지 못하고 그래서 아버지라고 불러 보지도 못하고 아 버지는 돌아가시고 말았다. 그러니 비록 전화 통화였지만 아버지라고 부른 것은 그녀로서는 꿈같은 일이었을 것이다.

그녀는 너무 좋아서 나를 안고서

"여보, 고마워요. 당신 덕분에 아버지를 불러 봐서요."

"나 대신 많이 불러. 난 아직도 아버지와는 서먹해서~~~~~."

"걱정 말아요, 내가 아버지에게 애교라도 부려서 모두 제자리로 갖다 놓을 거예요."

"흐, 자신만만하군."

"어머니께서도 아버님이 나를 좋아하실 거라고 말씀하셨어요."

"흥, 어머니한테 제대로 정치하셨구먼."

"호호호."

"좋아 난 부산 우리 어머니에게 전화해서 정치를 할 거야."

나는 부산 어머니에게 전화하여 송년과 새해 인사를 드리고 이야기를 나눈 뒤

"어머니, 잠깐 계세요. 며느리 바꿔드릴게요."

하며 그녀를 바꿔 주니 전부 재미있어 한다.

이렇게 해서 우리는 즐겁고 행복한 마음으로 연말을 보내고 밝은 새해를 맞을 수 있었다.

금년에는 우리가 농장으로 들어간다.

소작하시는 분들의 청을 받아들여 금년 수확까지 할 수 있도록 배려를 해 주었고 그 이후는 우리가 만들 농장에서 일을 하여 주기로 하였다.

그러기에 나는 그분들에 대한 책임 때문에 향후 농장에 대한 세부적인 운영 계획을 치밀하게 세워야 한다.

그리고 또한 시골로 내려가면 더 이상 운동은 하기가 힘들어지기에 내 목표를 달성하기 위하여 매주 운동 일자와 시간도 늘렸고 또한 동생들과 그

동안 추진했던 사업 건도 어느 정도는 마무리 져야 농장을 만드는 데 조금이라도 도움이 될 수가 있다.

부산 어머니는 시골로 내려가기 전에 결혼식이라도 올리면 좋겠다고 하셨는데 결혼에 대해서만은 아버지와 상의를 드리는 것이 도리이지만 현재 아버지 상황이 너무나 심각한 것 같아 차마 결혼에 대한 얘기조차 드리지 못하였고 다만 가끔 아버지 현장을 도와드리면서 아버지와의 관계를 쌓아 가고 있었다.

부산 어머니는 결혼식 비용은 신경 쓰지 말라고 하셨고 내가 그동안 농장 준비를 위하여 만든 자금의 일부만으로도 결혼 비용은 충분하지만 우리 아버님 자존심으로는 도저히 상상도 할 수 없는 일이기에 나와 그녀가 부산 어머니를 설득하여 내년 봄에 식을 올리기로 결정하였다.

서울은 지금 강남의 개발 붐으로 일부 동생들은 강남으로 진출을 했고 체육관 동생들 외는 대부분 직장 또는 개인 사업을 시작하여 나름대로들 예전과는 다른 사회생활들을 하고 있다.

그녀 또한 금년 들어서는 음악의 개인 레슨은 모두 접고 이제는 혼자 부산에 내려가 어머니와 함께 지내면서 우리들이 시골에 내려가서 살 준비와 결혼 준비, 그리고 농장 운영과 관련한 공부와 계획 등으로 서울 부산을 오가면서 바쁜 매일매일을 보내고 있다.

그녀가 서울에 오면 거의가 내 뒤치다꺼리이기에 힘이 드니 자주 올라오지 말라고 하여도 말을 듣지 않는다.

그녀가 서울에 올라오면 우리 두 사람은 그간 서로의 얘기로 항상 시간 가는 줄 모르고 밤을 지새우면서 보냈다.

그렇게 금년은 유난히도 바쁘게 지나 추석도 지나고 이제 우리의 꿈도 영글어 가는 시기가 점점 가까워지고 있었다.

어느 날, 소작하시는 분들과 만나기로 하여 함께 시골에 가기로 하고 내가 이틀 뒤 부산으로 가기로 약속을 하였다.

이번에 부산에 가면 이것저것 준비로 오래 있어야 되기에 체육관도 정리하여야 하고, 이제 지시할 것은 지시하고 막 나가려는데 전화가 왔다.

"사범님 전화 왔는데요."

누굴까?

체육관으로 전화 올 사람이 없는데, 더군다나 이 시간에.

나는 지영이가 전화했나? 생각하고 전화를 받았다.

"여보세요."

전화를 받자, 강남으로 간 동생 놈의 다급한 목소리가 들렸다.

"아, 형님 거기 계셨군요."

"어, 니가 웬일이냐? 여기 전화는 어떻게 알고?"

"형님, 큰일 났습니다. ××가 싸우고 경찰에 잡혀갔습니다."

"뭐? 지금 어디 있는데?"

"아마 경찰서로 갈 거 같은데 제가 그리로 가겠습니다."

××는 나이는 나보다 한 살 적지만 운동을 아주 열심히 하여 태권도는 나하고 단수가 같았다. 그리고 나를 무척이나 따르는 동생이다.

술을 먹다 상대방들이 시비를 걸어 싸움이 벌어졌는데 네 놈이 하나는 이가 빠지고 또 한 놈은 팔이 부러지고 두 놈들은 얼굴이 멍이 들 정도로 붓고 코피가 나고 하여 경찰이 와서 동생을 데리고 갔다고 하였다.
경찰서에 가서 보니 맞은 놈들과 그 패들 모두 떼거지로 와서 난리들이다.

나는 동생한테 자세한 이야기를 들었다.
먼저 싸움을 건 놈들은 그놈들이지만 그놈들만 다쳐서 동생이 매우 불리한 상황이었다.

담당 경찰과 잠깐 이야기를 나누었지만, 상황은 좋지가 않았다.
그 패거리들은 나한테도 인상을 쓰면서 떠들기에, 화가 나서
"야, 이 새끼들아 조용히 해!"
하면서 고함을 치자, 경찰이 조용히 하라고 큰소리치고 그놈들은 덩달아서 떠들고 난리들이다.

동생은 일단 보호실에 들어가고, 그날 나는 꼼짝없이 경찰서에서 밤을 지냈다.

다음 날, 내가 그녀에게 부산으로 내려간다고 한 날이다.
하지만 동생 놈 때문에 내려가기가 어려울 것 같았다.
이놈 경찰에 놔두고 내가 부산에 갈 수는 없었다.

할 수 없이 그녀에게 전화를 했다.

어머니가 전화를 받으셨다.

"어디야? 부산에 온 거니?"

"아니에요, 아직 출발 못 하고 있어요."

"왜 빨리 안 오구. 엄마, 오랫동안 못 봐서 빨리 보고 싶단 말이야."

"하하, 어머니 저도 보고 싶어요. 빨리 갈게요."

"그래, 우리 며느리 바꿔 줄게."

어머니가 웃으시면서 그녀를 바꿔 주신다.

명랑하고 반가운 그녀의 목소리가 들린다.

"여보, 뭐 하느라 아직 출발도 안 했어요?"

"응 미안해."

"나, 빨리 당신 보고 싶단 말이야!"

"응, 나도."

"여보, 무슨 일 있어요?"

"응, 사실은….."

나는 동생의 일을 자세히 얘기했다.

"그런 일이 있었군요. 당신 걱정 많이 되겠어요."

"당신한텐 미안하지만 이 일을 마무리 짓고 내려가야 될 것 같아."

"그럼요, 당연히 잘 처리하시고 오셔야죠."

"고마워, 여보."

"여보, 상대방하고 합의하려면 돈이 있어야 되지 않아요?"

“응, 나한테 좀 있으니 걱정하지 마.”

“네, 만일 부족하면 전화 주세요.”

“응, 알았어.”

“걱정된다고 밥 거르지 말고, 꼭 챙겨 드세요.”

“응, 알았어.”

사랑스런 그녀의 목소리에 피곤함도 사라졌다.

경찰서의 동생 놈은 분하고 억울하여 담당에게 울면서 호소하였지만 통하지가 않았다.

상대방 놈들은 네 놈 모두 진단서를 끊어와 제출하고 거짓 진술로 동생을 가해자로 몰아가고 있었다.

동생이 보호실에 들어간 지 또 하루가 지났다.

나는 할 수 없이 부산에 다시 전화를 하였다.

그러나 전화를 받지 않는다.

아마 외출을 하였나 보다.

나는 할 수 없이 놈들에게 합의를 하자고 했다.

놈들은 깐죽대면서 합의를 하지 않으려 한다.

또 하루가 지났다.

부산에서는 아직도 전화를 받지 않는다.

‘이상하다.’

경찰에서는 검찰에 구속영장을 청구하려고 하는 것 같았다.

나는 업소 주인을 데려올 테니 사실을 밝혀 달라고 부탁하여 시간을 벌었다.

그리고 놈들에게 마지막 카드를 내기로 했다.

동생들에게 일단 협박을 하라고 했다.

'네놈들은 우리 친구가 구속되면 명동은 고사하고 서울 바닥에서 다니질 못하게 하겠다고.'

그러면서 나는 동생들이 협박한 것을 모른 체 합의를 하자고 유화책을 썼다.

그 작전은 들어맞아 4일째가 되던 날 드디어 놈들이 합의를 받아들여 나의 돈을 몽땅 주고 합의를 할 수 있었다.

그러나 경찰 담당자는 일단 합의는 했어도 구속은 되어야 한다고 강경하였다.

나는 담당한테 사정하는 수밖에 없었다.

그리고 업소 주인을 데려와서 당시 상황 진술을 하도록 하고

담당자한테

"저놈이 다시 한번 사고를 치면 내 오른손 장지를 자르겠다."

라고 하면서 사정을 했다.

업소 주인이 와서 싸움을 먼저 건 놈들은 저놈들이고 먼저 때린 것도 저놈들이라고 진술을 하고 또 합의서도 들어가고 하여 동생은 풀려나게 되었다.

나는 동생이 풀려나자마자 며칠째 전화를 받지 않는 그녀가 궁금하여 부산으로 내려갔다.

무슨 일이지?

시골 갔다가 어머니가 전에부터 '부곡'온천에 한번 갔다 온다 하시더니 같이 부곡에 들렀나?

당시 부곡온천은 온천이 개발된 후 온천물이 좋다고 소문이 나고, 또 부곡에서는 온천을 하고 백숙을 먹는 것이 일품이라고 알려져 부산 사람들이 계 모임이나 각종 행사로 많이 찾는 곳이다.
당시는 호텔도 없고 시설도 열악했지만 많은 사람들이 부곡온천을 찾았다.

부산에 도착하여 온천장 집을 찾았으나 대문은 잠겨 있고 아래층의 사촌도 없는 것 같았다.

나는 근처에 있으면서 계속 집을 찾았으나 밤늦도록 대문은 열리지 않았다.

할 수 없이 여관에서 하룻밤을 지내고 다음 날도 하루 종일 집 앞에서 기다렸으나 대문은 굳게 닫힌 채였다.

나는 동생 놈 때문에 며칠을 거의 잠을 자지 못했고, 여기 와서도 잠을 잘 수가 없어 거의 탈진 상태였고 주머니의 경비마저 동생 놈 합의금으로 몽땅 내주고 하여 바닥이 난 상태였다.

할 수 없이 서울 동생 놈에게 전화하여 고속버스 편으로 돈 좀 보내 달라고 부탁하고 조방 앞 고속버스 터미널에 나가 기다리고 있었다.

잠도 못 자고 돈도 없어 먹지도 못하여 지친 몸으로 서울에 전화하여 돈 봉투를 보낸 버스를 확인하고 터미널에 앉아 버스를 기다렸다.

그런데 버스를 기다리면서 계속 온천장 집으로 전화를 하였는데 저녁이 훨씬 지나서 공중전화에 동전 떨어지는 소리가 나면서 전화가 연결되었다. 나는 너무도 반가워

"여보세요."

하니, 웬 나이가 지긋한 중년의 남자 목소리의 사람이

"누구요."

하면서 전화를 받았다. 나는 '누구지? 혹 전화를 잘못했나?' 하면서

"거기 지영이 집 아닙니까?"

라고 물으니

"맞는데, 누구요?"

하기에, 반가워서

"아는 사람인데, 지영이 좀 바꿔 주세요."

하니

"지영이 죽었소."

나는 이 말을 듣고 '이 사람이 장난치나?' 하면서

"당신 누군데 지금 장난칩니까?"

하면서 화를 내면서 말을 하니

"이 사람이 누군데 화를 내는 겨? 지영이하고 지영 엄마하고 지금 장례 지내고 화장하고 왔는데 장난이 뭐여!"

하면서 화를 내며 전화를 끊어 버렸다.

나는 이게 무슨 청천벽력 같은 소린가 생각하며 다시 전화를 하니, 그 사람이 다시 전화를 받는다.

내가 다시 전화를 하니 버럭 화부터 낸다.
그리고 전화를 끊어 버렸다.

나는 부들부들 떨리는 몸을 의자에 앉히고 서울에서 경비를 보낸 버스가 오기를 기다렸다.

온천장 집으로 가는 택시가 그렇게 느릴 수가 없었다.

'아니겠지?'
'우리 지영이가 그럴 리가!'

집에 도착하여 무조건 대문을 열고 들어가자 집 안에는 많은 사람으로 부산했다.

그때, 몇 번 안면이 있던 아래층에 살던 어머니의 사촌 동생이 보였다.
그녀도 나를 보았지만 별로 반갑지 않은 표정이다.
하지만 아는 사람이라고는 그녀뿐이기에, 앞으로 가니
"여기는 왜 왔니?"
하면서, 퉁명스럽게 얘기했다. 나는 떨리는 목소리로
"어찌 된 일입니까?"
"교통사고로 죽어서 오늘 화장하고 왔다. 너는 여기 올 곳이 아니니 퍼뜩

가거라."

나는 그 말에 화가 치밀어

"왜 내가 여기 올 곳이 아닙니까?"

하면서 2층으로 올라가려는데

"너 누구야!"

하면서 나이가 든 남자가 나를 막는다.

그 소리에 남자들 몇 명과 여자들이 나를 쳐다본다.

지영과 어머니가 없는 이곳에서 나는 아무것도 아니었다.

하지만 내 눈에는 그런 것이 보이지 않고 어떠한 생각도 나지 않았다.

오직 그녀가 보고 싶을 뿐이다.

나는 아무 말 없이 나를 막는 남자를 밀치고 위층으로 뛰어 올라갔다.

그러자 몇 명의 남자들이 폭력적으로 나를 막으면서 욕을 해대는 것 같은데 나에겐 아무것도 들리지 않았다.

내가 누구에게 어떤 행동을 했는지도 모르겠다.

2층에 올라가니 여러 사람들이 있었는데 그녀와 어머니는 보이지 않았다.

나는 이곳저곳을 찾다가 계단에서 굴러떨어지고 말았다.

희미하게 내가 미끄러졌나?

아님 누가 밀었나?

나는 휘청거리는 몸을 겨우 대문 밖까지 옮겨 놓고 그 자리에 주저앉고 말았다.

지금 눈으로는 아무것도 볼 수 없고, 귀로는 아무것도 들을 수가 없었다.

오직 머릿속에 떠오르는 그녀의 얼굴과 '여보' 하며 부르는 지영의 목소리 외에는…….

마지막, 마지막으로 그녀의 마지막 전화 목소리가 흐르는 눈물과 함께 귓속에서 들려온다.

"나 빨리 당신 보고 싶단 말이야!"
"걱정된다고 밥 거르지 말고, 꼭 챙겨 드세요."

--------지영아!--------

그녀는 어디에?

1975

　절대로 믿기지 않는 현실에 나는 지금이라도 그녀가 나타날 것이라 생각하고 있었다.

　혹시나 하여 부산에 오면 그녀와 함께 다녔던 무아음악실과 광복동의 고인돌, 서린다방 등…, 그곳에 들어가면 지금 그녀가 방긋 웃으면서 나를 기다릴 것이라는 생각에 계단을 뛰어 올라가기도 하고, 또 없으면 어쩌나 하는 두려움에 천천히 올라가기도 하고, 이렇게 그녀를 찾아 미친 듯이 다니다 온천장 집 앞에서 밤이 새도록 기다리고….

얼마나 긴 시간을 보냈는지 모른다.
아침과 밤으로는 제법 쌀쌀했지만 문제가 되지도 않았다.
밥은 언제 먹었는지도 모른다.
내 몰골이 어찌 되었는지도 모른다.
몇 밤을 이곳에서 지냈는지도 모르겠다.

지금의 현실이 사실이라면 나도 그녀와 함께 그녀 있는 곳으로 가고 싶기만 하다.

그녀가
"나 빨리 당신 보고 싶단 말이야!"
하였으니, 나도 빨리 그녀에게 달려가고 싶었다.

그냥 내 눈앞에는 착하고 착한 그녀의 얼굴만 있고, 지금 나를 지탱하는 건 아직도 귀에 생생한

"나 빨리 당신 보고 싶단 말이야!"
"걱정된다고 밥 거르지 말고, 꼭 챙겨 드세요."

라고 말하는 그녀의 목소리뿐이었다.
먹지도 마시지도 않았건만, 내 눈에서는 눈물이 그치지 않고 흐른다.

그러던 어느 날, 내 앞에 그녀가 나타났다.
"여보, 여기서 뭐 하시는 거예요?"
"어! 지영아."
"이게 뭐예요? 당신답지 않아요."
그녀의 눈에서 눈물이 흐른다.
"당신 이러고 계시면, 나 마음 아파요."
"미안해."
"당신 힘들고 고통받으면 지영이도 당신하고 똑같이 고통 속에 있어야 해

요. 내가 사랑했던 당당하고 강한 당신 모습을 보여 주세요. 꼭이요, 알았
죠?"

"지영아!"

"여보, 이곳에서 이러지 마시고 엄마하고 나를 위해 기도해 주세요."

"응, 알았어."

그때, 누가 나를 무엇으로 툭툭치는 걸 느꼈다.

내가 잠을 자고 있었다.

앞에 두 사람이 나에게 뭐라고 했지만, 나는 생생한 그녀와의 만남을 잊
고 싶지가 않았다.

두 사람은 다시 나를 흔든다.

희미하게 시야에 경찰관 2명이 보인다.

통행금지 시간도 위반했지만 사람들이 수상한 사람이 있다고 신고를 한
것 같았다.

파출소에 끌려간 나는 통행금지 위반이 아니라 신분증도 없고 몰골도 더
럽고 추하고 하여 수상한 사람이라고 경찰서로 넘겨 조사를 한다는 것이
었다. 할 수 없이 서면의 체육관 관장에게 전화하여 도움을 청했고 내 연락
을 받고 급히 달려온 관장님은 내 몰골을 보고 놀랐지만 일단 관장님 도움
으로 나온 나는 관장님에게 그녀의 이야기는 하기가 싫어 무전여행 중이라
얼버무렸다. 목욕탕에 가서 목욕을 하고 관장님이 사 온 옷으로 갈아입고
며칠 쉬고 가라는 것을 사양하고, 고맙다고 인사를 하고 서울행 고속버스
를 탔다.

고속버스가 출발하자 나는 이제 내 옆자리엔 그녀가 없구나, 라는 생각에 또다시 눈이 뜨거워졌다.

그녀 말대로 슬프지 말아야 될 텐데 하면서도, 어쩔 수가 없었다.

그녀와 함께 가면 시간이 언제 지나간 줄도 모른다.

귀여운 애교와 장난, 그리고 게임, 우리 두 사람은 음악 게임을 많이 한다.

한 사람이 허밍으로 노래의 시작부나 중간부를 부르면 그 노래를 알아맞히는 게임이다.

나는 팝송은 자신 있지만 샹송이나 칸초네를 많이 아는 그녀한테는 항상 지고 만다.

그녀로 인하여 나는 많은 노래를 배울 수 있었다.

그녀는 팝이나 샹송 등을 매우 좋아했다.

내가 언젠가 샹송 가수들 중 이브 몽땅은 별로인 것 같다 하니, 이브 몽땅의 음반을 틀고

"여보, 이브 몽땅 노래를 눈을 감고 조용히 들어 보세요. 그러면 그 부드러우면서도 약간은 투박한 소리에 샹송의 멋이 가득 있을 거예요."

하기에 내가 눈을 감고 조용히 들어 보니 정말 그런 것 같았다.

그리고 팝에 대하여서도 그 가사를 하나하나 번역하여 나에게 얘기하여 준다. 그러면서

"팝의 가사를 보면 전부 내용이 아름다워요. 노래 이전에 하나하나가 모두 아름다운 시와 같아요. 그리고 멜로디도 그 시와 같이 아름답게 작곡을 했어요. 그리고 노래를 부르는 아티스트들도 그에 맞게 노래를 부르구요. 한 예로, Elvis Presley의 Can't Help Falling In Love를 들어 봐요. 정말 누구라도 그런 사랑 고백에 감동받지 않을 여자가 있을까요? 그리고 Vicky의 White House는 그 옛날 하얀 집의 아름다운 추억을 그리워하는 슬픈 내용을 그대

로 노래로 나타내고 있으며, Matt Monroe의 Walk Away를 들으면 사랑하면서도 사랑하기에 떠나보내야만 한다는 애절한 내용을 Matt Monroe는 너무도 호소력 있게 부르고 있어요. 그리고 Andy Williams와 Matt Monroe의 노래나 오케스트라의 연주로 Born Free를 들으면 전주와 음악 전체에 흐르는 분위기가 〈야성의 엘자〉에 나오는 배경인 광활한 아프리카 대륙을 연상시키죠. 이같이 팝은 그냥 '노래를 듣는다.' 하는 것보다는 좀 더 깊이 있게 들으면 우리는 노래 이외에 좀 더 넓은 세상을 만날 수 있어요."

이렇게 그녀는 넓은 음악의 세계도 하나하나 재미있게 나에게 가르쳐 주면서 같이 노래를 부르곤 하였다.

특히, 그녀는 피아노를 칠 때 노래마다 감정을 충분히 살리며 치기에 너무도 좋았고 또한 솔베이지 송이나 쇼팽의 이별곡, 그리고 녹턴은 바이올린이나 첼로로 연주를 해도 정말 음반으로 듣는 것보다 듣기가 좋았다.

어느 날 나는 그녀가 이 노래는 모를 것이다 생각하고, 영화 〈하오의 연정〉의 주제가인 '매혹'이라는 음악은 내가 좋아하는 음악이었었는데, 그 음악을 들으면 왠지 아름답고 사랑스러운 그녀가 연상이 되곤 해서

"여보, 매혹이라는 음악이 있는데 나는 그 음악을 들으면 이상하게도 당신이 떠올려지는 거야. 아마 그 음악은 당신 음악인 거 같아."

라고 말하고 나서, 아마 '그 음악이 무슨 음악이에요?' 하고 물을 줄 알았는데 그녀는

"어머 어떻게 그 아름다운 음악을 저한테 비유해요? 작곡자가 들으면 화내겠어요."

하기에

"어, 그 음악을 알어? 영화 주제가인데."

라고 말하니, 그녀는 일어나 바이올린을 가져오더니 정말 아름답게 그 곡을 연주하였다.

음악과 음악을 연주하는 그녀, 모두 사랑스런 분위기가 가득한 음악과 여인이었다.

이렇게 그녀는 거의 모르는 노래와 음악이 없었다.

그리고 한 번 들으면 바로 배우는 천부적인 소질이 있는 것 같았다.

이렇게 나는 고속버스를 혼자 타고 오지만 하나하나 그리운 그녀 생각으로 아무것도 보이지 않았다.

이제 나는 그녀를 위하여 한시라도 빨리 그녀와 어머니를 위하여 기도를 하여야 했다.

서울에 도착하자마자 나는 곧바로 명동성당으로 갔다.

그녀는 명동성당에 오면 항상 마리아상 앞에서 기도를 드린다.

마리아상 앞에 오자 그녀가 기도를 하고 있는 것이 보였다.

나는 그녀가 기도하는 자리에서 기도를 드리기 시작했다.

나는 마리아님에게 제발 그녀를 만날 수 있게 해 달라고 몇 번이고 부탁을 드렸다.

성당을 나온 나는 나도 모르게 그녀와 항상 같이 다니던 길로 천천히 삼청동으로 향했다.

그곳에는 그녀가 나를 기다리고 있을 것이다.

그러나 나를 기다리는 것은 굳게 닫힌 문이었다.

아래층 아주머니는 울면서 며칠 전 친척이라는 사람이 와서 그녀가 변을 당한 것을 얘기하고 이 층을 정리하고 갔다고 했다.

죽일 놈들!

나는 나도 모르게 분노가 치밀었다.

내 물건과 그녀의 체취를 느낄 수 있는 것 모두 치워 버리다니.

사람에 대하여 의심을 하지 않는 나지만, 부산서부터 시작하여 지금까지 무언가 조금 이상하다는 느낌마저 들고 있다.

모든 것이 미리 계획한 것처럼 너무 빠르다.

이러한 생각이 들자, 나는 지체하지 않고 다시 부산행 야간열차를 탔다.

지영이가 옆에 있었으면…….

그때, 지영이가 나에게 다가왔다. 나는 너무 반가워

"지영아."

"여보, 나 하얀 집 만들어 주실 거죠?"

"그럼, 내가 틀림없이."

"나, 당신이 있어 행복해요."

"지영아."

"여보, 그리고 사람들 절대 미워하지 마세요. 그리고 힘들어하지도 마세요. 당신 힘들면 지영이도 힘들어요."

"그래, 알았어."

"여보, 지영이는 언제나 당신 곁에 있을 거예요."

이때 승무원이 차표를 보여 달라고 하는 바람에 나는 눈을 떴다.

그녀와 길게 같이 있었지만 다른 말은 기억이 없다.

하지만 꿈에서라도 언제나 그녀를 만날 수만 있다면…….

기차는 밀양역을 지나고 있었다.

언젠가 그녀와 기차를 타고 부산을 갈 때, 유천역(지금은 없어진 역인 거 같다)을 지나 밀양 쪽으로 가다가 긴 터널을 지날 때

"여보 이 긴 굴을 뛰어가셨어요?"

"응."

"당신은 바보야."

"나도 지금 생각하면 당신 말대로 바보였는가 봐."

"앞으론 그런 일이 또 생기면 지영이 생각부터 해요."

"틀림없이!"

그러면서 행복해하던 그녀의 얼굴이 또렷이 보인다.

정말 그녀의 말대로 그녀는 언제나 내 곁에 있는 것 같다.

새벽에 부산역에 도착한 나는 대합실에 앉아 꿈속에서 그녀의 말을 생각해 보았다.

마치 내가 무슨 일로 부산에 간다는 것을 아는 것처럼….

하지만 그들에게 확실하게 따질 것은 있다.

대문 벨을 누르자 처음 보는 남자가 문을 열어 준다.

나를 보자, 퉁명스러운 어조로

"누구십니까?"

"지영이 엄마의 사촌 오빠란 사람을 만나러 왔습니다."

지영이 엄마란 말에 경계하는 빛이 역력했다. 그때, 전에 본 적 있던 사촌 여동생이 나왔다.

"아침부터 여긴 무슨 일이고?"

전과 같이 역시 퉁명스런 말투다.

"뭣 좀 물어 보러 왔습니다."

"얘기해라 무슨 일이고?"

"들어가서 얘기합시다."

"여기서 얘기해라."

"왜 내가 들어가면 안 되는 곳입니까? 나는 이 집을 내 집처럼 몇 년을 오간 사람입니다."

나는 험악한 어조로 얘기했다.

"이 집은 지금 상중이나 마찬가지인 집이다. 그러니 여기서 얘기해 보거라."

나는 분노를 참을 수가 없었다. 내 입에서 거친 말이 나오기 시작했다.

"너 지금 나한테 상중이라고 했냐? 너 말 잘했다. 나는 지영이 하고 어머님께 문상도 못 한 사람이야!"

나한테서 반말의 큰소리가 나오자 전에 본 사촌 오빠란 사람이 나왔다.

나는 사람들을 밀치고 안으로 들어갔다.

험악한 나의 위세에 아무도 막는 사람이 없었다.

사촌은 나에 대한 이야기를 어느 정도는 지영이나 어머니를 통해서 들었을 것이다.

나는 거침없이 2층으로 올라갔다.

그리운 거실이고 그리운 소파다.

어머니, 그리고 지영이와 함께 재미있게 지냈던 자리다.

왈칵 눈이 뜨거워진다.

내가 소파에 앉자, 사촌 오빠란 사람도 내 앞쪽에 앉았다. 한결 공손한 어조로

"그래, 무슨 일이신가?"

나도 차분하게

"나에 대한 얘기는 어느 정도 아실 겁니다. 삼청동 집 정리를 하면서 내 옷 등을 보셨고 이 집에도 내 물건이 많았으니 나에 대하여 짐작은 하셨을 겁니다. 그러니 몇 가지 제가 묻는 것에 대하여 사실대로 얘기하여 주시기 바랍니다."

그러자 그 오빠란 사람도

"무엇이 궁금한지 말씀하시게."

"먼저 두 사람이 어떻게 돌아가셨습니까?"

"어떻게 변을 당했는지 모르고 계셨나? 김해에서 마산 가는 국도에서 교통사고로 돌아가셨네."

"그곳은 왜 가셨는데요?"

아마, 농장 일 때문에 가신 것 같다. 원래 나와 같이 가기로 한 것인데….
내가 시간이 너무 지체되자 소작인들하고의 약속도 있고 하여 둘이서 가시다가 변을 당하신 것 같다.

그리고 내가 있었으면 이런 변은 없었을 텐데!

내 잘못으로 두 사람을 잃었다는 자책감이 또다시 크게 밀려온다.

"그건 우리가 모르지."

"어떻게 사고가 났기에 두 사람이 함께 돌아가실 수가 있나요?"

"사고가 난 것이 밤이라는 것 외는 사고 낸 차는 도망가서 없고 인적도 없는 곳이라 자세한 건 모르겠네."

"사고 난 것은 어떻게 아셨습니까?"

"밤에 동생 친구로부터 전화가 와서 알았다네. 경찰이 소지품 신분증과 수첩에 전화번호를 보고 여기저기 전화를 하여 동생 친구가 교통사고 난 것을 처음 안 것 같았네."

"사고 운전자는 찾고 있나요?"

"경찰에서 찾고는 있네만 주위가 캄캄했고 본 사람이 없어서 어려운 모양일세."

"사고가 나면 경찰에서 일단 조사 등으로 시신을 빨리 내주지 않을 텐데 어떻게 그리 빨리 장사를 치를 수 있었나요?"

"무슨 소리하나? 경찰에서는 시신을 갖다 놓을 곳도 없고 너무 많이 상해서 빨리 장례를 치르라 했네."

그 말을 듣는 내 마음은 또다시 찢어질 것만 같았다. 차라리 듣지를 말 것을……

"알겠습니다. 그런데 왜 화장을 하셨습니까?"

"시신이 너무 상했고 또, 우리도 모든 친척이 의논했지만 두 사람의 산소와 제사를 모실 사람이 없지 않은가?"

"지영이 삼촌 되시는 분! 잘 들으세요. 두 분은 천주교 신자고 천주교에서는 화장을 금하고 있습니다. 그런데 어떻게 그렇게 처리할 수가 있습니까? 그리고 이 집 등 어머니 재산이 꽤 되는 것으로 알고 있습니다."

내가 재산 얘기를 하니 경계하는 모습이다.

"내가 재산에 대하여 얘기한다고 해서 신경 쓰실 건 없습니다. 나는 돈이라든지 재산 따윈 관심도 없는 사람입니다. 그리고 서류상으로도 내 위치는 아무것도 아니구요. 단지 그 재산이면 두 분의 제사를 자손 하나를 지정하여 모시면 평생 모시고도 남는다고 생각합니다. 선생이 이 집안의 제일 어른인 줄 알고 있는데 선생이 만일 이렇게 되었다면 지하에서도 어떻게 생각하시겠습니까? 유해라도 모시든지, 아니면 유해도 강물에 띄웠다면 기일이라도 제사를 모시도록 해 주세요."

그는 내가 강하게 얘기하자 고개를 숙이고 듣고 있다가

"자네 말이 모두 옳은 말이네. 어른으로 할 말이 없네."

"그리고 마지막으로 서울의 짐과 이곳의 짐은 모두 어디 있습니까?"

그렇게 말하니, 그는 머뭇거리다가

"경상도에서는 망자가 사용하던 모든 것은 그냥 버리지 않고 불에 태운다네. 그래서 한꺼번에 태우느라 서울 짐도 빨리 정리한 것이라네."

"그럼, 지영이 것도 내 것도 모두 태워 버렸단 얘기네요."

"그렇네, 미안하게 됐네."

"알겠습니다."

그렇게 말하고, 나는 일어섰다.

그도 일어섰다.

나는

"망자에 대한 도리는 지켜 주십시오. 그것만 꼭 부탁드립니다."

그리고 그간 정들었던 집을 나왔다.
이제 여기의 생활도 아프게 그리워지겠지.

처음 서울서 출발할 때는 모두 뒤집어엎어 버리고 전부 박살을 내려고 하였으나 지영이 나의 그런 마음을 알고 나타나 사람을 미워하지 말라고 한 것 같아 이렇게만 하고 말았다.
잘했다는 생각과 지영이가 옳았다는 생각이 들었다.
처음 서울서 출발할 때의 생각과 같은 행동을 했었다면 이 이상 얻는 것도 없을뿐더러 계속적으로 분노가 나를 괴롭혔을 것이고 지영이와 어머니의 제사는 물론 지영이 마음도 괴로웠을 것이다.

그렇게 그녀는 죽어서도 남을 용서하는 착한 여자였다는 생각이 들었다.
그런 생각을 하니 그녀가 더욱 그리워진다.

서울로 올라가는 고속버스에 기대어 눈을 감으며
"또 지영이가 왔으면……."

서울에서는 다시 무교동 옥탑방에서 지내게 되었다.
밤이면, 처음 사업계획 작성을 끝내고 지영이와 밤하늘을 바라보며 조촐한 축하 파티를 한 것이 그녀를 그리게 한다.

나는 지금까지 나와 함께한 운동도 그만두고 그간 추진했던 납품 건도 그만두고 동생들과도 정리를 위한 몇 명을 제외하고는 아무도 만나지 않았다.

명동을 나가도 할머니나 누님들 식당에도 가지를 못했다.

틀림없이 왜 그녀와 함께 오지 않았느냐고 물어볼 것이 두렵기만 했다.

어머니께도 두 달 만에 전화를 하니 어머니께서는 무척 걱정을 하고 계셨다.

삼청동에 전화하니 전화도 안 되고 하여 걱정을 하신 것 같았다.

나는 어머니께도 지영이가 죽었다는 말은 차마 할 수가 없었다.

어머니도 그녀를 너무 좋아하셨기에 충격이 크실 것이다.

나는 어머니께 지영이가 갑자기 몸이 나빠져서 부산으로 내려가 치료를 받고 있고 그래서 나도 부산에 가 있어서 연락을 못 드렸다고 거짓말을 할 수밖에 없었고 그 말씀을 들으시고 어머니는 무척 걱정을 하셨다.

매일매일 그녀에 대한 그리움은 커져만 갔고, 나는 그때마다 그녀와 함께 걷던 길, 음악실, 그리고 인현시장 등을 다니며 그녀를 찾았으나 그녀는 그 어디에도 없었다.

단지 내 귓속에 들려오는 생생한 그녀 마지막 목소리만 내 눈물과 함께 들려오고 있었다.

"나 빨리 당신 보고 싶단 말이야!"
"걱정된다고 밥 거르지 말고, 꼭 챙겨 드세요."

이것이
아빠란다 ❶

지영의 노래

ⓒ 신형범, 2023

초판 1쇄 발행 2023년 9월 1일

지은이   신형범
펴낸이   이기봉
편집   좋은땅 편집팀
펴낸곳   도서출판 좋은땅
주소   서울특별시 마포구 양화로12길 26 지월드빌딩 (서교동 395-7)
전화   02)374-8616~7
팩스   02)374-8614
이메일   gworldbook@naver.com
홈페이지   www.g-world.co.kr

ISBN   979-11-388-2206-0 (03810)